U0618620

80后，怎么办？

杨庆祥 ◎ 著

北京出版集团公司
北京十月文艺出版社

献给我的同时代人

——题记

目录
Contents

80 后，怎么办?

80 后，面对面

80后，怎么办？

一、失败的"实感"

1

2011年1月17日，在时任国家主席胡锦涛访美前夕，由中国国务院新闻办筹拍的《中国国家形象片——人物篇》在美国纽约时报广场的大型电子显示屏上循环播放，据相关媒体报道："这则宣传片以中国红为主色调，在短短60秒钟时间内，展示了包括邰丽华、吴宇森、宋祖英、刘欢、郎平、姚明、丁俊晖、袁隆平、吴敬琏、杨利伟在内的，涵盖文艺、体育、商界、智库、模特、航天等各行各业的数十个杰出华人，以'智慧、美丽、勇敢、才能、财富'等诠释中国人形象。"在2008年成功举办第29届北京奥运会之后，中国政府正紧锣密鼓地向世界展示自己的"成功"形象，国家形象片不过是中国向世界递出的又一张名片。北京奥运会总投入为3000亿，2010年广州亚运会总投入为1200亿（是南非世界杯的5倍，是1990年北京亚运会的50倍）。这些天文数字似乎一再证明了中国近30年改革的巨大成功，但同时也让人疑窦丛生，这些花费无数的盛会，这些被巨大的摄像头所截取的场景、人物，究竟能"代表"什么？究竟又代表了"谁"？

毫无疑问，59位进入国家形象片的中国人都是某一种成功的代表者，但这种"成功"因为经过镜头和意识形态的包装后反而显得空洞无物，我不想从技术的层面来分析这个问题，我只是仅仅从我的感受出发：我在观看这一国家形象片的时候没有任何的激动和兴奋，就好像是在观看一个和我毫无关系的表演。这是一个过于宏大和遥远的叙事，它没有办法和我当下的生活发生任何有效的联系，中国国家形象片在纽约时报广场播出仿佛就是一个被虚构出来的场景，至少对于我而言，它失效了。

想起来这种失效是不应该的。仅仅是在两年前的2008年，我还挤在人山人海的小咖啡屋里面，和很多的年轻人一道观看北京奥运会的开幕式，沉浸在"大国崛起"的亢奋想象中。那个时候我同样是一个局外人，但我并没有意识到这一点，而是通过想象把自己与大多数的中国人联系在一起，并想当然地认为国家的梦想就是个人的梦想，国家的光荣就是个人的光荣。但是这一次，这种想象被我个人严峻的生活现实所击碎，也就是在国家形象片播出的前几天，我所租住的公寓房东毫不留情地通知我，不再续租，另谋住处。这就意味着我和我寓所里面的另外三个年轻人都必须在一周内搬出这个我们住了一年多的房间。房东之所以这么做是因为他觉得把房子直租给我们赚不了太多钱（实际上他每个月从我们四个人身上收取了整整5000元。其中根据每个房间的大小四个人分别承担1100/1600/1000/1300元），因此直接整租给房屋中介公司。中介公司则会通过不合法的手段改造出更多的空间（比如把一居室改造为三居室，把三居室改造成五居室）来赚取更多的租金。从2009年9月博士毕业至今，一年半的时间，这已经是我第三次换租。最开始的时候我租住在人民大学南边的三义庙小区，这是一个上世纪80年代的筒子楼，我租了其中一个12平米的小房间，不能洗澡，不能做饭，三层住户十几家共用一个公共厕所，月租800元。我在这个地方坚持生活了近三个月，之所以说是坚持，是因为我每天必须骑车15分钟左右去附近的人民大学解决吃饭、洗澡等等生活问题。最后随着严冬的来临我不得不放弃了这个住处。第二个住处是海淀南路的一个合租房，我租住了客厅的一个小隔间，大约12平米，没有厨房，但有单独的洗澡间和卫生间，月租1000元。但非常要命的是，因为房间的一面是用毛玻璃隔起来的，所以隔音和隔光的效果非常不好，也就是说，房间里面的所有动静在我的隔间里面都能听到，这对我的睡眠构成了挑战。最开始的方法是等所有人都睡了我再准备睡，但后来发现行不通，因为每个人的作息时间很难协调，往往是我快要睡了的时候，突然有个人跑到洗澡间去洗澡了，或者是到客厅打开灯拿什么东西，于是我就会被吵醒。后来我不得不求助于眼罩和去噪音耳塞，把自己严严实实地与外界隔离起来，成为我每天晚上的必备功课。李陀先生有一次跑到我的住处，当他听说我对面的隔间住的是一对年轻夫妇时，突然很认真地问了一个问题："那他们做爱怎么办？岂不是都被你们听到了？"我这才意识到这个问题，才奇怪地发现我很多次听到那对夫妻为了各种生活琐事吵架的声音，却一次也没有听到过他们做爱发出的声音。在一个如此简陋的出租房内，或许他们已经没有做爱的欲望了吧。在这个房间住了大概半年时间，因为中介公司和房东之间发生了纠纷，我被通知换租。于是又搬到了小南庄，也就是我现在的住处，这是一个三室一厅的房间，我租了其中一个大约14平米的小单间，月租1300元。总算住到了一个稍微正式一点的房间，我以为从此就可以高枕无忧，安心地工作生活了。但房东变相的"逐客令"又让我措手不及。

选择这种稍显屈辱的租房方式是迫不得已的。在2004年以前，人民大学的青年教师可以在校内分到一间小房间作为"过渡房"。但2004年以后，为了响应国家住房改革制度，这一政策取消了。而每个月的收入又不够去租住过于昂贵的房子，更重要的是，因为租房市场缺乏有效的监督和管理，给租房者造成了不必要的混乱和损失。我这种简单的租房经历可能在很多年轻人身上都发生过，如果站在一个个体的角度来看，可能这是很平常的生活阅历，也没有必要拿出来讲述，实际上，在北京有很多人的居住条件比我更简陋。我和李陀先生曾一起去人民大学附近的地下出租房观看，在北京的大多数高层建筑下面都有地下室，这些地下室本来可能是用于泊车或者储存货物，但现在大部分都被出租出去，建成一个个小鸽子笼一样的房间。很多的小公司就把自己的员工安排住在这种地方，这些地方潮湿、阴冷，空气不通畅，安全设备简陋，我和李陀在观看这些地方时的第一反应是，如果发生火灾或者其他的自然灾害怎么办？在人民大学附近的紫金大厦的一个地下房间里面，一个80后的女生笑着对我和李陀说："你们是来租房的吗？如果条件允许，我建议你们千万不要住在这里，住久了会生病的。"她说这话的时候面带笑容，丝毫没有抱怨之意，难道这不是中国人的另外一种勇敢和坚强吗？她当然没有意识到，在国家的形象宣传中，她已经被另外一些人"代表"，而她的这种坚强和挣扎，也已经被过滤掉了。

2

我承认我因此充满了沮丧感。正是因为在那些宏大的故事和宣传中，一种更显而易见的失败被凸显出来了。也许这一失败首先是个人的，在一个财富如此快速增长的国家，在GDP高速领跑世界的中国，我们被时代淘汰了，我们买不起甚至租不起房子，不能回报家庭和社会，不能按照自己的意愿来安排生活，甚至是一次简单的做爱。在1968年欧洲学生运动中，其学生领袖曾质问法国教育大臣："政府花费如此多的钱来修建一个豪华的游泳池，那政府有没有想过怎么解决学生的性爱问题？"我房间里面的那对小夫妻却没有这种质问的机会，也许他们只能让声音再小一点，更小一点，或者干脆放弃。2004年我到人民大学攻读硕士学位的时候，周边的房价在4000元左右，但5年后的2009年，已经疯涨到了30000元，稍微好一点的小区已经在45000元左右。2010被称为房地产市场最严格的"调控年"，政府的相关负责人一再表示会尽力控制房价，但从10月份开始，房价逆势反弹，我所在的小南庄一带，上世纪80年代的二手房从10月份的30000每平方米涨到了12月份的33000每平方米。也就是说，如果你在10月份买下一套100平方米的旧房子，在两个月后转手就可以赚到30万。30万意味着什么？在网上流传着一个"恶搞"的计算方法，内容如下：

你要不是三大式人物（大款，大官，大腕）而想在北京买套100平方米总价300万的房，社会阶层所付出的代价是：

1 农民：种三亩地每亩纯收入400元的话，要从唐朝开始至今才能凑齐（还不能有灾年）；

2 工人：每月工资1500元，需从鸦片战争上班至今（双休日不能休）；

　　3　白领：年薪6万，需从1960年上班就拿这么多钱至今不吃不喝（取消法定假日）；

　　4　抢劫犯：连续作案2500次（必须事主是白领）约30年；

　　5　妓女：连续接客10000次，以每天都接一次客，需备战10000天，从18岁起按此频率接客到46岁（中间还不能来例假）……

　　以上还不算装修、家具、家电等等费用。

　　这个清单在一定程度上就是我们面对的现实。在这样的现实中，我们如何来讨论所谓的"个人奋斗"问题？我们知道，在从80年代到90年代的文化想象中，一个最大的问题转换就是把个人从集体中剥离出来，劳动从一个有尊严的对象性活动变成了一种"商品"，社会解放的话语也被个人奋斗的话语所取代。个人奋斗意味着，必须在一个有效的时段内获得社会承认的利益和资本。如果说在80年代我们还能看到这种"奋斗"实现的可能性，在2010年，作为一个中国的普通青年，我完全看不到哪怕一点点的希望。在近年热播的电视剧《奋斗》中，讲述了一群80后青年的奋斗故事，如果从意识形态的角度来看，这完全是一个虚假的叙事，因为在这群年轻人的背后，都有着雄厚的"先在资本"，正是因为有这些先在资本的铺垫，"奋斗"才有其实现的可能性。对于大多数的年轻人来说，《奋斗》中青年人的起点可能是一生都难以企及的终点。80年代《平凡的世界》中的孙少平虽然出生贫寒，但是他可以凭借自己的劳动获得尊严，并改变自己在历史中的位置。现在看来，这是80年代对于改革的一种乐观的想象，今天我们发现，孙少平们已经无路可走了，因为资本的配置完全不利于孙少平们的成长。在2013年出版的中篇小说《涂自强的个人悲伤》中，出身贫寒的80后青年涂自强通过自己的努力考上了大学，他以及他身边的所有人都以为这是一次命运的突变，他觉得自己从此会走在一条"新路"上，会成为一个新的"成功者"，为此他充满了新自由主义式的（实际上是穷人式的）对生活的感恩：

> 涂自强觉得自己从未有如此充实和愉快的生活。他觉得人生太美好了，而自己的力量很强大，更觉得这世道的人心十分善良。他想，等老了，儿孙满堂了，要带他们沿着这条路走一趟，告诉他们，他们的爹他们的爷爷，就是顺着这条路走到幸福生活里去的。

可事实并非如此，实际上从一开始，他就生活在一个相对固化和定型的社会秩序中。涂自强拥有难以想象的忍耐力和近乎自虐的"个人奋斗"的精神，他每个月的生活清单是：

房租加水电：140 元

吃饭：300 元

乘车及电话费：120 元

生活杂用：40 元

机动：50 元（买换季衣服及鞋等）

总计：650 元

即使如此，失败依然不可避免——没有爱情，没有稳定的工作和收入，缺乏基本的生活和医疗保障，最终以身患不治之症而终结了自己短暂的一生——涂自强不得不以一种"自我归罪"的方式来回答自己的困惑：

这世界于自己是哪里不对呢？是哪里拗着了呢？莫不是，这就是人们所说的我有原罪？倘若有，那是什么？是生在山里？是长在贫民之家？是在这世上无依无靠？这些难道本就是我的原始创痛？

孙少平和孙少安一路走来，在2013年的中国长成了"涂自强"，他们曾以为前面是美丽的新世界，只要勤劳、努力和忍耐就能获得理应获得的一切，却没有想到一路前行，居然是万丈深渊——涂自强不正是当下中国底层青年命运的缩影和隐喻吗？

阅读《涂自强的个人悲伤》的时候正好菲茨杰拉德的《了不起的盖茨比》在中国大陆上映，我很自然地将这两者关联起来进行联想。涂自强是不是就是另外一个盖茨比呢？他们同样出身低贱，同样试图通过个人努力来改变自己在一个以资本来计算成功的现代社会之中的位置，完全不同的是，盖茨比至少在物质的层面上成功了，虽然他最终失败并证明了资本主义的伪善和虚荣。而涂自强呢，即使最表面上的"成功"都无法完成。如果说盖茨比代表了上世纪20年代的"美国梦"——这个梦在今天看来已经完全破灭了，那么涂自强要想实现人生出彩梦想成真的愿景是否还有太长的路要走？

3

在近些年的媒体舆论中，最热炒的一个短语是："我爸是×××"。也就是说，资本和权力的垄断已经成为社会的一个常态。在这种情况下，像涂自强这样没有先在资本的人的失败似乎是预定的。同时，少数人的"成功"也就意味着绝大多数人的失败，那么，这样的"成功"还能算是成功吗？这样的"失败"是否有更复杂的内涵？

个人失败的"实感"是如此强烈，如此有切肤之痛。最后我们已经无法在个人身上寻找失败的原因了。当社会企图托管一切的时候，却发现事情只是越来越糟糕。这个时候，社会就生产了"失败"以及"失败者"本身。而失败者，在这种极端的绝望和无路可走的恐惧中，自然就会把这种失败归责于社会或者另外一个他者。也就是说，"失败"的实感虽然是个体的，但是"失败"的内涵却是相互生产的。"失败"已经不仅仅是个人的事情，而是整个社会的事情。对于今天的中国年轻人来说，失败的阴影是巨大的，以至于已经无法按照正常的价值标准来进行生活，在2010年一个收视率甚高的相亲节目"非诚勿扰"中，婚姻已经变成了赤裸裸的商品交换，房子、车子和收入成了衡量一个人"成功与否"的最重要的标志。把身体商品化，并选择最好的商机把自己抛售出去，是参加这些相亲节目的年轻人最真实的想法。如果我们仅仅从道德的高地去指责这是一种拜金主义的堕落，是否过于简单？如果社会的运行模式已经不能鼓励正常的生活和发展，那么，这些年轻人通过"身体"的转让来获得利益是否也是一种不得已的选择？在改革之初的历史叙述中，完美的身体一直是改革者所拥有的傲人的资本，如《新星》中的李向南，《乔厂长上任记》中的乔光朴，《平凡的世界》中的孙少平，他们通过身体的力量和精神的力量，推动着中国经济社会的发展，但是谁又能预料到，这些寄托了一代人的乐观想象的身体会在短短数十年后变成了只能以金钱来衡量的商品？"身体"不再被用于想象、创造和发展，而是被用来消费、交换和享乐。这是一种进步还是一种失败？

无论如何，那些至今还蜗居在北京、上海、广州、深圳等城市的一代青年人见证了在巨大的成功喧嚣中一个时代的痛苦，这个痛苦有些是可以忍受的，但是有些却不能忍受，个体当然不能把个体的失败完全归责于社会，但是社会同样不能把失败完全归责于个体。我完全理解我在2008年为什么能够与这个社会和国家的想象保持一致，那个时候我住在一年750元（也就是一个月65元不到）的学生公寓里面，享受着有保障的住宿、餐饮和学习工作资源，虽然简陋，但是却觉得安全而温暖。而从2009年6月我开始居无定所的生活后，我有一种被抛弃的感觉，这种实感与失败的实感纠结在一起，让我意识到，是应该为我自己，以及更多像我一样生活的年轻人寻找一种历史定位的时候了。作为一个个体，我不得不承认我的失败，我的失败也可以忽略不计，但是如果一代人都面临着这种失败的境况，我们是否应该拥有某种失败者的自觉？我们是否应该在这一失败中发现一些什么？

二、历史虚无主义

1

因为意识到了个人的"失败",并把这种"失败"放置到一个非个人的境况中去理解,最好的办法莫过于去寻找历史,在历史中找到一些确定不移的支撑点,来把个人从"失败"中拯救出来。这不仅仅是一种心理学意义上的疗愈方式,同时也似乎是中国这一深具文史传统的国度所惯常的行为方式。比如李白在《将进酒》中就有言:"岑夫子,丹丘生,将进酒,杯莫停……古来圣贤皆寂寞,惟有饮者留其名。"因为意识到了自我的失败,所以才把希望寄托在历史之中,通过"留其名"把自我从当下的失败中解救出来，所以李白才有"天生我材必有用，千金散尽还复来"的失败者的勇气和胆识。但是对于今天的80后的青年人来说，历史究竟意味着什么呢？能否找到这种安置失败的历史位置和历史意识呢？也许不用和李白这些远古时代的文人相比，即使与此前的50年代生人、60年代生人相比，问题也就立即呈现出来。

在2010年12月的一次学术会议后，我和社科院的陈福民教授、孟繁华教授一块从北京郊区驱车回城，当时已是深夜，因为找不到路，我们在高速公路上盘旋了很久。在找路的过程中，让我惊讶的是，陈福民和孟繁华两位突然唱起了《沙家浜》中的经典唱段："想当初，老子的队伍才开张，拢共才有十几个人，七八条枪。""这个女人哪，不寻常。""怎么，你对她还有什么怀疑吗？""摆开八仙桌，招待十六方。来的都是客，全凭嘴一张。相逢开口笑，过后不思量。人一走，茶就凉，有什么周详不周详！"我惊讶不在于他们的老夫聊发少年狂，而是在于他们的"文化记忆"如此地坚固，几乎以自然的形式作用于他们的言行。这种情况在50后那一代人身上表现得极其明显，共和国的早期历史与他们个人的生活史在某种意义上是一致的，在他们生命最重要的一些时期，历史戏剧性地揳入了他们的生活，并从此成为他们生命的一部分，因此当他们回首往事、书写历史的时候，他们不仅是在一个个人的空间里面思考和想象，而是与历史进行有效的互动。不管是肯定还是否定那段历史（"反右"、"大跃进"、"文革"、知青上山下乡、改革开放等等），这段历史都是与他们的身体、生命接触过的实体，而不仅仅是一个叙述，一段故事，或者一段话语宣传。我刚进人民大学读研究生的时候，有一次在我的导师程光炜教授的课堂上观看电影《英雄儿女》，我非常惊讶地发现程老师在观影过程中不自觉地眼噙泪水。我当时立即意识到，对于程老师来说，这部电影不仅仅是一部作品，而更是一段和他情感纠缠的历史，他没有回避和逃离这段历史，而是一次次试图把自己重新放置进去。今天我们来看50年代生人，会发现他们存在很多问题，正如80年代畅销小说《新星》中的大学生靳舒丽批评李向南所言："你们很世故，太爱权术。"但不容否定的是，正是这种历史与生活的同一性使得这一代人具有一种厚度和韧性，在与历史的对话中，他们构建了自己的主体意识。

但非常有意思的是，作为50后的儿女们——80后却并没有继承这样一种历史意识，恰好相反，他们继承了另外一个层面的遗产，这一遗产——同样是50后们给我们留下来的——就是"潘晓讨论"的遗产。有必要对这一段历史稍作回顾。1978年六七月份，以青年为主要读者对象的《中国青年》杂志复刊，现在的青年在想什么，他们有什么希望，《中国青年》重新与他们见面，主题应该是什么，这不仅是当时《中国青年》杂志面临的问题，也是当时整个社会面临的问题。"文革"作为一个历史事件表面上结束了，可是它对中国人——尤其是青年人造成了什么影响，这构成了这一问题的历史背景。为此中国青年杂志社"兵分七路"，深入到农村的生产队、工厂的车间、学校的老师中间去调查。调查进行了整整一个月，"集中归纳起来，当时的青年集中反映的有两个问题。一个是中央号召进行新的长征，要以经济建设为中心，但青年们的思想离这种观念有很大的距离。不是说以阶级斗争为纲吗？怎么能以经济建设为中心呢？另一个问题是，青年很明显有一种委屈情绪，有些'看破红尘'。我们在农村也好，工厂也好，其他地方也好，都发现了这种情绪比较普遍。十年动乱给青年们造成了深重的心灵创伤，他们的真诚和信仰被雪崩一样冲毁，感觉自己上当受骗了。""在一次座谈会上，《中国青年》的女编辑马笑冬认识了北京第五羊毛衫厂的青年女工黄晓菊。马笑冬觉得黄晓菊的经历和思想很有代表性，便向她约稿。另一名女编辑马丽珍4月7日在北京经济学院找到二年级学生潘祎，潘祎向她说了自己的经历和困惑，并同意了马丽珍的约稿。不久，黄晓菊、潘祎的稿子交到了编辑部。潘祎的一些语言和观点可供参考，黄晓菊的原稿有8000多字，分为'灵魂的鏖战''个性的要求''眼睛的辨认'和'心灵的惆怅'四部分，之后，编辑部以黄晓菊的稿子为主，融合了潘祎的部分观点，由马笑冬做了最后的修改，文章作者署名为潘晓。"①《中国青年》1980年第5期刊出了署名潘晓的《人生的路啊，怎么越走越窄》一文。这封信通过第一人称的叙述视角，讲述了一个"自叙传"式的青年成长故事：一个自小就被家庭抛弃的女孩通过自强不息获得了知识，得以在社会上立足，但是进入社会以后却发现朋友不可信，同事很卑鄙，寄予希望的婚姻也以背叛而告终，"过去，我对人生充满了美好的憧憬和幻想……甚至一言一行都模仿着英雄的样子……可是，我也常常感到一种痛苦……那年我初中毕业，外祖父去世了。一个和睦友爱的家庭突然变得冷酷起来，为了钱的问题

① 《〈中国青年〉：那一场人生观大讨论》，《新京报》2006年11月23日。这一事件的详细过程可参见：《潘晓讨论：一代中国青年的思想初恋》，南开大学出版社2000年版。

吵翻了天……我得了一场重病，病好后，借助几个好同学的力量，给街道办事处写信，得到了同情，被分配在一家集体所有制的小厂，开始了自食其力的生活。""我寻找爱情。我认识了一个干部子弟，我把最真挚的爱和最深切的同情都扑在他身上。……可没想到，'四人帮'粉碎之后，他翻了身，从此不再理我。""对人生的看透，使我成了一个双重性格的人。一方面我谴责这个庸俗的现实；另外一方面我又随波逐流。"①在这样的情况下，她陷入了巨大的虚无主义之中，并最终得出了"主观为自我，客观为他人"的人生信条。

这封信发表后引起了超出想象的反应，引发了全社会的大讨论，《中国青年》收到了几千封读者来信，包括《中国青年》《新观察》在内的多家杂志开辟了相关专栏来讨论"潘晓问题"。历史的转变催生了青年的问题意识，"潘晓来信"反映的不仅仅是"潘晓"个人的真实生活经历，更是青年人普遍面临的现实困境和精神困境。

从表面上看，"潘晓讨论"在1981年末就已经结束了，1981年第6期的《中国青年》上发表了《献给

---

① 潘晓：《人生的路啊，怎么越走越窄》，《中国青年》1980年第5期。

人生意义的思考者》一文，这篇文章以官方意识形态的代言者身份，对青年的未来进行了引导。很显然，这个收场显得非常匆忙急促："因此，当时不论是阮铭的文章《历史的灾难要以历史的进步来补偿》，还是经过中宣部组织修改审定的署名本刊编辑部的文章《献给人生意义的思考者》，其核心都在呼吁青年投身他们认为正确的历史进程中。这样呼吁当然没有错，但却不能真正深入进此讨论精神、主体方面的深层含蕴。"①如果说"潘晓讨论"是一个双重文本的话，它的表层文本是一个青年的困惑迷惘问题，而其深层文本却是一代青年人在历史的变局面前，如何反思自己的历史和社会的历史，重新认识自我和他者、自我和历史、重建历史主体的精神重构问题。表层的文本只能通过表面化的方式来回答，我们很难想象1980年代的官方意识形态会真正放下引导者的姿态，鼓励这种讨论深入到精神构造的层面，实际上，《中国青年》对于"潘晓讨论"的发起和引导已经是在意识形态允许的范围内所能进行的最大的尝试，而这种尝试实际上也得益于80年代特殊的历史语境。 也就是说，虽然作为一个历史事件的"潘晓讨论"在1981年

---

① 贺照田：《中国当代精神的深层构造》，《南风窗》2007年第18期。

确实被终结了，"潘晓来信"所提出的问题似乎也得到了圆满的回答，但这种治愈只是表面的，因为作为"深层文本"的"青年主体重构"的任务其实并没有真正完成。

2

作为父辈的"潘晓们"提出的问题被历史匆匆终结，也就意味着中国当代精神的深层构造其实并没有完成。在这样的历史传承中，80后的主体建构面临着现实层面和精神层面的双重困境。在现实的层面上，大历史失效了，在精神的层面上，虚无主义滋生。这几乎是同构的过程。以我个人为例，1980年我出生的时候正好是家庭联产承包责任制实行之时，用我父亲的话来说就是：从那一年开始吃饱饭没有问题了。也就是说，我对饥饿是没有记忆的。1989年对于我们依然是空白，我对此唯一的记忆就是发现晚上有很多人围着一个收音机在听广播，然后间或听到大人们在议论什么，但基本上是茶余饭后的谈资，丝毫没有影响到日常的生活。1992年我正在上初中二年级，市场经济的大幕虽然已经全面拉开，但是对于面临巨大升学压力的中学生而言，除了发现每个学期会有几个同学辍学之外（他们大多选择去南方打工），也没体验到这一历史对于我们产生的影响。然后是2003年的SARS事件，我们被圈在大学校园里面唱歌跳舞，除了不能出校门之外，我们没有感觉到什么不同；再后来是2008年的汶川地震，众多的80后涌入汶川，争当志愿者，这成为一个"大事件"被媒体广泛关注，并以此判定80后的责任意识的确立。但是在我看来，这些都是夸大其词的说法，在汶川地震发生的当天，我就立即打电话约朋友一起报名参加志愿者，需要反思的是，我当时的第一想法并不是要去做一个尽职尽责的志愿者，而是觉得这是一个重要的历史事件，我应该成为这个事件的见证者和参与者，或者说，我必须找到一种在历史之内的感觉和体验。我随后为自己的这一想法而惭愧万分，与数十万葬送的生命相比，站在历史现场的想法太过于自私自利。我知道一个80后朋友很冲动地就去了现场，但是因为完全没有志愿者的经验，他立即就感染上了细菌，然后成为了一个被"救治者"，更荒唐的是，他不停地打电话给很多人倾诉和求助，并抱怨当地的医疗和饮食。也许会有很多青年人的真实想法是为了尽一份力量，但是，也不能排除很多人是和我一样的想法，地震被视为一个历史的嘉年华，一幕无与伦比的大戏剧，我们希望参演成为戏剧的主体。我当然放弃了做志愿者的诉求，但这件事刺激了我的思考。为什么一场大灾难会变成一个大狂欢？也许这恰好证明了历史在我们身上的缺席。

对于1980年代出生的年轻人来说，上面我列举的种种历史事件已经证明这三十年的历史同样充满了变化和震荡，但是与"十七年"和"文革"中的诸多历史事件比起来，这些历史似乎是外在于我们生活的，历史发生了，但是历史的发生并没有立即对个体的生活产生影响。也或许可以这么说，在80后的成长中，历史是历史，生活是生活，只有在很少的时候，历史和生活才发生了对接的可能，比如大地震，正因为这种机会是如此之少，才有那么狂热的历史参与症状。从这个意义上说，80后是历史存在感缺席的一代。因为这种历史存在感的缺席，导致了80后面对历史的两种完全不同的向度。第一，就是如大地震以及奥运圣火传递仪式上体现出来的对历史参与的高度热情，在这样一种参与中，80后找到了一种暂时性的历史存在感，但是也正是因为这种"暂时性"表明了这种存在感的虚无。第二，因为对于历史存在已经失去了信任，索性就彻底放弃了这种历史的维度，而完全生活在"生活"之中，这是在80后青年人中更具有普遍性的一种倾向。

因为无法找到历史与个体生活之间的有效关联点，所以不能在个人生活中建构起有效的历史维度；另外一方面"暂时性"的参与历史的热情又不能持久和加固，这一切导致了一种普遍的历史虚无主义。这一虚无主义的典型表征就是以一种近乎"油滑"的态度面对生活和他者。在我的同龄人，尤其是接受过高等教育的同龄人中，他们日常言行的一个非常大的特点就是可以完全无视一个事物的性质和范畴，而用一个完全局外人的身份和语气来对其进行嘲讽和戏谑。这种戏谑与90年代以来流行的王朔式的调侃完全不一样，在王朔那里，调侃的对象始终有一个指向，那就是僵硬的意识形态，但是，80后的这些调侃是完全任意性的，并没有什么目的，在这种言行中，生活本身的严肃性被取消了。今天的80后青年人非常善于模仿生活，但是，却不会自己构建真正有效的生活。你可以和他们成为朋友，但你没有办法与他们进行严肃认真的交流。在历史虚无主义中，事物的神圣性被取消了。在这样的情况下，所谓的80后的主体呈现出了什么特征？

3

或许我们可以从一个时代的阅读症候里面窥探出什么。2010年在中国文学界比较热闹的事情之一就是大型文学期刊《收获》刊载了80后作家郭敬明的《爵迹》，由此引起了不同的意见和纷争。反对者以为这是文学向市场和庸俗阅读趣味的投诚；而支持者则认为这是文学观念的一种理所当然的新变。抛开文学趣味和文学观念的差异不谈，毋庸置疑，郭敬明已经成为我们这个时代的阅读神话之一。《小时代》在《人民文学》上刊登时，当期《人民文学》销售一空并不得不加印，这是90年代以来《人民文学》唯一一次加印。而《收获》同样因为刊发《爵迹》而销售量翻倍。批评家郜元宝在《评〈爵迹〉》的文章中遍挑语病，极尽嘲讽挖苦，这种批评虽然解恨，但在我看来却完全没有找到要害。虽然我同样怀疑郭敬明小说的美学趣味和价值指向，并对郭敬明如此"成功"满怀"嫉妒"，但我还是试图去理解这样一种写作和阅读。这里面肯定是内含了一些重要的东西，这种东西，单靠以往的文学经验和阅读经验已经不可解释了。那年7月份我在安徽图书城买到了《小时代1.0》，我的预设是，我肯定看不下去这本书，因为它浅薄、庸俗和无知。但出乎我意料的是，我以极快的速度把这本书读完了。而与此同时阅读的帕慕克的《纯真博物馆》却被我一再搁置，最后不了了之。真实的阅读体验颠覆了预设的文学认知。我突然意识到，在我身处的时代，阅读和思考分离了。阅读仅仅在一个表面的层次上才有效，而思考可能与此相关，也可能与此毫无关联。阅读现在执行的是完全快乐的原则，它并不在意它能提供的内容，更重要的是它提供了一个程序，你按照这样一个程序来完成阅读，同时也就获得了快感。有一天下午我带着《小时代》去一家理发店剪头发，不小心书掉在地上，里面随书赠送的郭敬明的照片滑落出来，我的理发师帮我拾起来，问了一句话："这是谁家理发店发的宣传册啊？"这句无心之语饶有趣味，他以一个完全局外人的身份来看郭敬明的时候，他认定其不过是一个"理发师"，其理由是郭敬明"精致"的妆容和"时尚"的发型。作家不再是忧心忡忡、蹙眉深思的"大作者"了，他现在是一个表象化的演员，写作被取消了"内面"。在《小时代》的扉页里有一张三十二开的彩色插图：一群俊男靓女在一个狭小的空间里面聚集，其中一位男子坐在一个大镜子前，两个女性在旁边为他整理头发和衣服，另外几个男女在一角窃窃私语，还有一个女性站在另一边，手里拿着一个相机似乎在拍摄一切。我觉得这幅插图比任何郭敬明的小说都更能表明我们这个时代（郭敬明所谓的小时代）主体的存在状态。这里面所有的人都处在一个凸显的平面上，镜子和摄像机成为最重要的媒介，只有通过它们，我们才能看到或读到自己。或者说，"镜子"和"摄像机"已经成为了主体，写作者和阅读者都必须通过这样的主体把自己"物化"，并找到存在的实感。也许我们可以想到鲁迅笔下的"看"与"被看"的叙事模式，在鲁迅的"看"与"被看"中，始终还有一个第三者，这第三者非常清醒地持有其主体意识，并对世界做出价值上的臧否。但是对于80后而言，这一第三者消失了，或者说，第三者已经完全把自己转化为一个同一性的身份，"看"与"被看"之间的主客体关系被抹平，在此，80后的主体——写作的主体（同时也是叙事者）和阅读的主体（被叙述者）——是一种完全"去距离"的、单一性的指涉物。写作和阅读的快感来自于这种距离的如此亲近，现在，写作者编织一个"故事"——这个"故事"就像镜子和摄像头里面的镜像一样不真实——并邀请读者一起来放纵。在这种共同的迷醉中，主体相互指涉，互为镜像。那个理性的、坚固的、笛卡尔式的主体消失了，但那个沉溺的、观感的、后现代式的轻的主体却无处不在。

郭敬明几乎是无意识地呈现了这一点，他最大的贡献也许是命名了一个时代——"小时代"。很有意思的是郭敬明的这种分裂和矛盾，一方面，无论是在小说还是在电影中，郭敬明都非常明确地告诉我们，"这是一个大时代"，显然，郭敬明主要从财富增值的角度去定义大时代；但另外一方面，他又几乎毫无痛苦感地将这个大时代"迷你化"，变成了一个minitimes。而这个minitimes又像一个庞大的象征物压迫着生活在这个时空中的所有人。——电影《小时代1》的一个镜头就是：巨大的minitimes标志（和上海的外滩建筑物一样充满诱惑和压迫感）自天而降，在它的空隙中，一群年轻人手舞足蹈地向观众走来。他们化庞大为"迷你"，将历史变成了一个可爱的小动物，他们对于历史唯一直接的反应也许就像在动物园里的一句不无矫情的惊叹：好可爱啊……

历史虚无主义对于80后来说并非意味着没有历史，实际上，正如我在上文中已经分析过的，和所有时代的人一样，历史总是存在的。80后也轻易就能找到自我历史发展的关节点，并与宏大的叙事关联起来。历史虚无主义指的是，在80后这里，历史之"重"被刻意"轻"化了，对于中国这样一个有着沉重历史负担的国度而言，每一代人（尤其是年轻人）都有历史虚无主义的冲动，但是，也许只有在80后的这一代年轻人这里，我们才能看到历史虚无主义居然可以如此矫饰、华丽地上演，如此地没有痛苦感。

三、抵抗的假面

1

竹内好在谈及日本50年代青年人面临的困惑时说:"青年的主要要求,如果离开直接的生存问题来说的话,就是自我完成吧。这是难以抑制的生的欲望,作为其本身来讲,是应该被尊重的。然而,当今的多数青年,通过自己的切身经历,已深感走西欧的道路是不可能到达自我完成的境界的。……如果不用某种方法来调和与整体的关系的话,就很难完成自我。这一问题确实是存在的。由此,一方面产生了虚无主义和存在主义的倾向。的确,安于这种现状的人不少。但是另一方面,也有不满这种现状的人,而且在不断增加。虚无主义和存在主义是西欧个性解放过程中的产物，所以，在以表面是现代化还未成熟的个体为条件建立起来的日本社会里，想要诚实地生存下去、诚实地思考的人，是不能长期停留在虚无主义和存在主义之上的，这是不言而喻的。因此，他们想到别的地方去寻求解决问题的方法，乃至发现问题。"[1]通过我个人的经验和观察，我以为今天大多数的中国青年大概都面临着如竹内好所言的问题和困惑，在他们还没有面对严峻的生活现实的时候，他们大概还能耽溺于存在主义和虚无主义之中自我安慰，但是一旦面临生活真实的境况——正如我在30岁时才强烈感觉到的失败感——他们立即就会明白，除非成为一个自我放逐者，否则，虚无主义和存在主义是脆弱而无效的。大多数人不会自我放逐，也不甘心被社会放逐。他们必须寻找新的偶像，寻找新的思考问题的方式和表达自我的方式。现在，郭敬明的"小时代"已经被转移到了更年轻人的手里，而自认为长大成人的"80后"们会问："今天你读'韩寒'了吗？"

最早知道"韩寒"这个名字大概是在2002年，有一天我在图书馆的旧书处理摊点翻书，一个朋友指

---

[1] 竹内好：《新颖的赵树理文学》，《文学》21卷9期。

着《三重门》对我说：这就是那个几门成绩挂红灯的高中生写的小说。我拿起来翻看了几页就放下了，几乎没有任何印象。2007年以后似乎有了戏剧性的变化，记得张悦然在一次会议上对我说："'韩寒'现在是公共知识分子了。"这让我觉得很惊讶，因为在我的理解中，公共知识分子是一个非常崇高、神圣的名词，它和一连串的经典人物联系在一起：萨特、福柯、萨义德、鲁迅等等。一个和我年纪一样的"80后"青年怎么就成为了公共知识分子呢？他是怎么公共？又是如何知识分子呢？但不管如何，"韩寒"正日益成为我们生活的一部分，这是我无法选择的事实。在北京的地铁站里，"韩寒"为"凡客"代言的巨幅广告矗立在每一个过客的眼前，打开电脑，各大门户网站经常性地跳出"韩寒发表××"等内容，用一句网络流行词来说，我被"韩寒"了。不可否认的是，无论"韩寒"多么特立独行，他的特立独行都成了一个被刻意放大和赋魅的事件。一个记者曾对我说："'韩寒'是文学圈内唯一有新闻效应的人，而且效应很大。"她说的是事实，但是这个事实同时也给我们提供了解释"韩寒"现象的一个切入口。"韩寒"是文学的，同时又是新闻的，"韩寒"是"独立"的，但同时又是合谋的，或许正是这种多重身份，使得他能够获得一致的认可。中国某教授就曾经夸大其词地说：全中国的教授加在一起，影响也大不过"韩寒"。在《上海文化》2010年的一篇文章中，"韩寒"被认为是鲁迅的接班人。徐贲在《美国人看不懂韩寒》中也认为："在韩寒博客中，可以看到一种'思索'比'思想'更重要的写作方式，它没有一定的形式，有话则长，无话则短。但总是在绕着弯子，尽量安全地把真话说出来。他的博文零零碎碎，但思考者与思考对象始终交融在一起，整体性则是来自这种交融。那是一种因韩寒这个'我'才有的整体性，喜欢他的博客文字，就会喜欢他那个人，反之亦然，这样或那样，都成了他的粉丝。"作为一个作家的"韩寒"和作为一个公众人物的"韩寒"或许都有其值得赞誉和信任的地方，在很多人看来，"韩寒"的魅力来自于他抵抗的姿态和抵抗的方式。抵抗的姿态是指，他总是能够及时地对社会公共事件作出反应，并像《皇帝的新衣》中的那个小孩子一样，说出真话。"韩寒的话语玩的是一种不按常理出牌的真实话语游戏。韩寒的许多听众从韩寒那里寻找的正是这样一种刺激感，而未必是什么振聋发聩、闻所未闻的全新见解。"另外一方面，就抵抗的方式来说，"韩寒又'很会说'，更加增加了他说话的刺激感"。于是，韩寒的4.5亿的博客点击率就成为了一种"抵抗"的标志。

2

我对此是持保留意见的。实际上，一个事件发生，然后有人对此发言，有些人发言会好一些，有些人发言会平常一些，这都是很平常的事情，但是像这样把"韩寒"的一些博文提高到"意见领袖"的地步，这或许也只有在当下的中国才会发生吧。"韩寒"或许说的都是真话，但是我相信说这样真话的人在中国很多，而这些人因为缺少表达的平台，也缺乏相应的传播条件，所以就被遮蔽了，而在遮蔽这些发言的同时也就无限夸大了"韩寒"言论的正当性和有效性。如果说"韩寒"确实在实施一种抵抗，那么在我看来，在本质上这是一种"媒体的抵抗"。"媒体的抵抗"的特点是它的指涉是单一的，它抵抗的对象是确定的，它抵抗的内容是公共话题中最讨巧的一些东西。在"韩寒"博文中最常见的是对于政府腐败的嘲讽和调侃，这一方面固然是因为腐败确实是需要抵抗的东西，另外一方面也是因为这一话题最能吸引大众的眼球。最让我担心的是，"韩寒"的这种看来很"新鲜"和"幽默"的表达方式可能潜藏着致命的问题，那就是，很多重要的问题被表达的形式所掩盖了。如果说得刻薄一点，在"韩寒"的很多博文中，有一种巧言令色的成分，他既没有从根本上去廓清一个问题，也没有在表达上给现代语言提供新颖的东西。

在我看来，如果说"韩寒"的抵抗是成立的，这种抵抗仅仅是在一个非常简单的层面上成立，那就是利用媒体的作用，借助舆论的力量，来满足一种即时性的发泄欲望。这些东西，无法对道德和人性的重构起到有效的作用，也难以推动社会和文化的进步。从这个意义上说，"韩寒"的这种抵抗是非常消极的，从表面上看他是在反对体制和不公，实际上他只是在和体制"调情"，他在"不能说"和"能说"之间找到了一条非常安全的道路，我以为这是"韩寒"最不真诚的地方。但是对于80后的年轻人来说，这恰好是他们欣赏"韩寒"之处，他们知道，真实的抵抗需要付出昂贵的代价，而这种抵抗的"假面"，则是共赢而无害的。我的一个朋友在她的博文里面一针见血地指出了这里面的某种利益关系："在一些人眼里，从公众人物到公共知识分子，韩寒完成了新世纪的华丽转身。也许有人会说时代变了，公共知识分子的内涵也变了，是的，时代变了，网络推进了中国的民主化进程，如今的公共知识分子用不着冒着失去生命和自由的危险发表宣言、起草联名信、上街游行了，他们只要在职业之余，上一上网，人肉些必要'信息'，再在博文里留下几句损政府、嘲弄世道人情的绝活以充当'檄文'，然后就会在顷刻间传遍整个网络，成为网友们泄愤的暗语。别小看这些绝活，那还真属于韩寒的绝活，作家的言辞技巧，到这个时候发挥了最大魅力。"

不过我不得不承认，即使"韩寒"有这么多值得怀疑的地方，他依然代表了某种勇气。我想每一个对这个世界的不公保持必要的正义之心的人，可能都希望自己能够像他那样去发言。而这种勇气，并不是每一个人都具有的，我还记得2006年刚刚博士入学的时候，学校的宿舍管理科突然颁布了一个非常荒谬的规定：禁止异性进入每一个学生公寓楼。这条规定立即在学生中引起轩然大波，很明显，这是一个管理者为了推脱管理的责任而无视学生人权的做法。因为找不到实际解决问题的渠道，大家就在学校BBS论坛上发表抗议的言论，当时我一连发表了两个帖子，表达对学校这种管理制度的不满，因为语言"过激"，很快学校的管理部门就找我谈话。我记得当时一个管理人员对我说："你说的自由是什么意思？"然后很严肃地警告我不许再发表相关言论。这个小小的经历让我意识到任何一种真实的表达可能都是要冒风险的，不管这风险是大还是小。所以我对"韩寒"的质疑实际上已经把他置于一个更高的高度，这个高度对于我个人来说，可能是难以企及和做到的。我对他的求全责备与其说是出自一个批评家吹毛求疵的职业习惯，更不如说我是在他的身上看到不可能的可能性：我对"韩寒"式的抵抗抱有更多的希望，我希望这种抵抗更有深度，更有力量，更能代表一个时代的思考品质——而在我看来，文学比短小的博文更能达到这个目标。也就是说，我希望"韩寒"能从一个真正的作家的角度来完成抵抗——我将之命名为"文学的抵抗"——也就是他通过文学化的方式来表达一代人对于这个时代的思考和体验。但关键问题是，"韩寒"因为过于受制于他的"媒体式抵抗"的写作和思考方式，严重损害了他文学式抵抗的品质。

3

在2010年推出的被认为"重要"的小说《1988，我想和这个世界谈谈》中，韩寒似乎企图通过小说这种形式来更全面地表达他的思考。我是满怀希望地在第一时间内读完这部小说的，但结果非常失望。无论从任何一个角度来看，这都是一部很蹩脚的小说，即使连韩寒的粉丝们也不得不对这部小说持保留的态度，我在豆瓣网上看到了下面这些评论：

> 或许韩寒写了太多的博客和杂文，这些博客和杂文对他的影响太大了，渗透到了小说里。《光荣日》和《他的国》里我已经看到了用力过猛的迹象，《1988》里依旧。小说里有非常多的反映现实的片段和情节，这里面自然有非常机巧非常合适的，也有让人感到明显的人为的痕迹的。我非常喜欢关于"钓鱼执法"的影射，把黑车换成了卖淫，同时我也很不喜欢关于朝鲜的那部分。 我把那段贴在这里：
>
> "娜娜明显很高兴，说道，那我当然不会让她看见我做的生意。我就把她弄得漂漂亮亮的，去好的学校念书，从小学习弹钢琴，嫁得一定要好，我见的人多了，我可会看人了，我一定要帮她好好把关。如果

是个男的，我就送他出国，远了美国法国什么的送不起，送去邻国还是可以的，比如朝鲜什么的。

我不禁异样地看了她一眼。

女孩子在构想未来的时候总是特别欢畅，娜娜始终不肯停下，说道，到时候，他从朝鲜深造回来，学习到了很多国外先进的知识，到国内应该也能找个好工作，估计还能做个公务员，如果当个什么官什么的就太好了，不知道朝鲜的大学好不好，朝鲜留学回来当公务员的话对口不对口……

我情不自禁地插了一句，对口。"

在小说的后半部分还有相关的呼应，在这里我就不打了。我不知道别人是怎么看这一段，也许会觉得有趣，觉得很讽刺，可我看到的只有两个字，刻意。并不是因为朝鲜敏感或者朝鲜让我敏感，只是我觉得这段很像是生拉硬拽到朝鲜来的。我们可以明显看到韩寒的意图，也可以看到韩寒的手法，在这一点上，是不好的。

好的小说在风格上应该是有统一性的，在节奏上也应该是有序的。遗憾的是在《1988》里出现了一些让我感觉突兀的地方。或许他真的写了太多的博客和杂文，这真的很遗憾。

……

回到小说。社会现实给了韩寒太多的素材，可韩寒并没有完美地使用它们。写小说和写博客不一样，急迫地随意地去写就会留下遗憾。

我打四颗星，剩下的那一颗，是对韩寒的希望，也是对我们自己的希望。①

这些豆瓣网友的评论大概代表了某种很真实的声音，分析也非常到位。（同时这也说明了另外一个问题，所谓的"读者"或者"点击率"是需要进行分层讨论的，仅仅凭借数字并不能说明"韩寒"的重要性。）在《1988》这本小说中，媒体式的写作代替了文学的写作，媒体式的戏谑取代了文学式的反讽。"韩寒"甚至都不会讲一个有意思的故事，为此他不

---

① 莫陶客2010年9月24日发表于"豆瓣网"，下面的跟帖较多，比如曾小小认为："韩寒的东西看多了也就那样了，没什么意思，也启迪不了我，也帮助不到我……只能解气。"coldyuye认为："他的小说是他的杂文的延伸，小说并非他最擅长的，他有些随意了。其实他也许该多花些时间和工夫在小说上，正如你说的'社会现实给了韩寒太多的素材，可韩寒并没有完美地使用它们'。"echocheng说："我只看过《三重门》，还是读高中那会儿。高一那会儿，twocold同学很火啊，于是我就颠颠地看了他参加《萌芽》的复赛作文，以后就没看过。博客里充斥着自己什么都看透什么都嘲讽什么都无谓的调调，不太喜欢。"Wense说："平时韩寒的博客我也是不看的，就像你朋友说的那样，没什么意思，何必浪费时间在对自己没用的东西上呢？这是一个时势造英雄的产物，有多少人是'被韩寒'了，这显然很符合人们从众的心理。博客来造势，杂志来煽情，再搞本小说来圈钱——看完这本书，没留下什么印象。"

得不一次次中断，通过回忆来把故事推动下去。一方面是简单的"80后式"的怀旧，一方面是简单的对于政府和体制的解构，这些构成了《1988》的全部内容。

或许唯一值得一提的是这部小说的名字，1988，让你不免想起奥威尔的名著《1984》，很有意思的是，也就是在2010年，日本著名作家村上春树也推出了长篇小说《1Q84》，并坦言是向奥威尔的《1984》致敬。能否将这三部作品关联起来进行分析呢？弗洛姆在《1984》的"跋"中指出："奥威尔给我们描绘了真理的本质。表面看起来，奥威尔是在嘲讽斯大林1930年代在苏联的统治；读者的眼光若止于此的话，将会错失奥威尔论述的关键点。奥威尔实际上也是在谈西方工业社会的发展趋势——虽然这种趋势跟俄国和中国相比，节奏慢了很多。奥威尔提出的基本问题是，真理是否真正存在？"①虽然关于奥威尔的评价在西方一直分歧甚大——比如诗人艾略特和批评家燕卜荪都认为他的《动物庄园》是一部失败之作，《1984》其实也好不到哪里去。而根据刘禾教授的考据，《动物庄园》和《1984》的幕后推

① 这是豆瓣网的一篇译文，译者为"高杉"。文章链接地址：http://book.douban.com/review/3290010/。

手都是英国的谍报部门IRD（Information Research Department），奥威尔本人，也一直与英国谍报部门保持着千丝万缕的联系[①]——但是，弗洛姆的观点还是非常谨慎地提醒我们政治寓言小说所必不可少的要素，即：它不能仅仅是为了表达个体的情绪，而是要与"真理"进行对话。在《途中的镜子》中，莫里斯·迪克斯坦认为《1984》不仅是一部政治寓言小说，更是一个带有实验色彩的文学作品，正是因为通过这一有效的文学形式，《1984》作为政治寓言的抵抗力量才凸显出来并成为一个历史的坐标。同样，我们会发现，村上春树的《1Q84》也是在极其精巧的形式中来展开其政治批判，当然，因为村上春树中产阶级的价值观，他最后不无媚俗地将这种解决的途径归结于"爱情"。

《1988》缺乏这些最基本的向度，这部小说里只有自恋和自欺，既缺乏外在的有力的文学形式，也缺乏内在的真正的自我意识——在我看来，"韩寒"的自我是一个表面化的自我，因为他高度地执着于这种表面化的自我，他就从来没有深入到自己内心的深处，他怀疑和嘲讽一切，但是却从来不怀疑和嘲讽自

① 刘禾：《六个字母的解法》，牛津大学出版社2013年版，第137—138页。

己。与此相联系的是，他从来就没有一个真正的政治信仰，他以为政治就是简单地否定或者肯定，就是不无辨析地进行对错的道德区隔，而他的那些道德，又往往来自于另外一种更简单的教义和大众情绪。因为这种真正现代的自我意识和真正有力量的政治信仰的缺乏，"韩寒"的抵抗，无论是媒体式的抵抗还是文学式的抵抗都缺乏真正洞察的眼光和震撼灵魂的力量，因为并没有内在的力量支撑，他只能是也必然是一个投机者。这种"抵抗"的"假面"背后，是历史虚无主义的阴影如影随形，阴魂不散。"韩寒"和郭敬明不过是"80后"的一体两面而已。

四、沉默的"复数"

1

　　以上大篇幅的对郭敬明和"韩寒"的讨论，似乎给人一种这样的感觉，郭敬明和"韩寒"就代表了80后甚至是当下的中国青年一代。各种媒体海量信息的铺张似乎也在一再确认和构建这样的"代言者"的形象。2011年2月，方舟子通过新浪博客和新浪微博对"韩寒"发起了质疑，这场论战借助自媒体的传播便利，迅速成为该年度最重要的文化事件，大量不同立场、身份和职业的人加入进去，成为一场"微博"的狂欢。从事件发生之日起，我就一直观察它的变化，最让我惊讶的是，这一事件最后似乎并没有指向"求真"这一本该坚持的目的，而是在微博化的语言表演中稀释了事件本身的严肃性，而自动变成了一种"广告"式的存在。这也许背离了很多人的初衷，但对于我而言，却展示了另外层面的东西：第一，我对于"韩寒"作为一种符号化的存在更加确信，而这种符号化一旦通过自媒体进行放大之时，它实际上暴露了其更多虚假的本质；第二，即使"韩寒"的这种本质被暴露，但这一事件传播之广、卷入人数之多、争论程度之热烈，却似乎反证了"韩寒"所谓的"人气"和"影响力"。这后一点让我觉得极其不安。这种不安感持续反复出现，2013年，郭敬明将《小时代》搬上银幕，电影《小时代1》和《小时代2》以空前"热度"占领电影市场，并以高达8亿元的票房收入雄踞年度票房收入榜首。据相关媒体报道，《小时代1》首映排片率高达43.31%，而北京的两家影院（北京紫光影城和海航天宝国际影城）全天只排该部影片，并因此被指责违背了电影放映相关法规。①更有媒体报道，有很多青少年学生以团购、包场的方式观看《小时代》，《小时代》构成了一场据说是"90后的盛宴"，以至于官方媒体也不得不进行一种批评式的

---

① http://www.huzhou.gov.cn/art/2013/6/27/art_31_214525.html "《小时代》电影首映，排片率100%"。

表态，以维持其价值观的严肃性和正确性。但这种表态毫无疑问没有抓住问题的症结，问题的症结不在于《小时代》宣扬了多么恶劣的拜金主义的价值观（需要提醒的是，这只是《小时代》价值观的一种，而不是全部，至少还有一些如青春、友谊等正面一些的价值观），而在于是谁，又是通过何种手段将《小时代》塑造为一个时代的"经典"？这背后的逻辑原则与"我是韩寒"如出一辙。这正是让我不安的原因，在自媒体和各种信息的包围中，我们几乎是自动化地接受了"韩寒"和"郭敬明"作为代表的"事实"，而没有意识到，在他们的背后，在媒体几乎将一切都"娱乐化"和"粉丝化"的时刻，在我们的同时代，还有更复杂、更庞大的群体的存在。

2013年暑假，也就是《小时代》热映的同时，我从母亲那里得知一个消息，一个我儿时玩伴的年轻的妻子刚刚去世，她生于1985年，在上海的一家成衣厂打工，或许是加班操劳过度，突发脑溢血，草草抢救无效后死亡。母亲在电话里连连叹息，说最可怜的是两个孩子，一个6岁快上小学了，一个还在地上爬。这大概是再普通不过的故事，即使是这个女子的家人亲戚，也没有多少的怨言怨语，不过是像我母亲一样，更多地将之归于"命数"。但是在我听到这个消息时，却非常奇怪地将这个我并不认识的劳动妇女和《小时代》联系了起来，她知道小时代或者大时代吗？她在上海的工厂劳作，为这个城市贡献微薄的劳动力和利润，她有没有走进一家电影院，去观看一场我们这个时代的视觉盛宴？如果她真的不小心走进了电影院，看到《小时代》里面的红男绿女演绎生死情仇，身边的都市青年欢声笑语，她会是什么感受？她意识到"他们"的生活与"我们的"生活之间的区隔了吗？这种联想也许过于牵强，却是我当时最真实的想法。我的想法立足于这样一个基本的事实，据2013年全国总工会发布的《关于新生代农民工问题的研究报告》称，全国80后农民工有近1亿人[①]，我们考虑过这1亿人的感受吗？我们了解他们的生活吗？我们知道他们的痛苦和挣扎吗？他们沉默，并在这个国家的文化生产中缺席，但这并不表明他们不存在。实际上，这种庞大数量本身就产生了一种巨大的召唤功能，它像一个巨大的旋涡，吸引我们去观看，甚至是投身到他们之间。

[①] http://news.hainan.net/guonei/guoneiliebiao/2013/06/22/1432114.html。

2

　　早在2006年7月，在一种"我本来就是他们中的一个"的观念的驱使下，我去了广东东莞。我的两个高中同学，一个在那里从事电脑销售和维修，拥有一家门面店；另外一位从事工艺礼品的初加工，他的生产流水线上有数百位工人。从一开始，东莞的一切都溢出了我的想象。我在东莞火车站下车，我的同学过来接站，然后我们两个一起坐上公交车去长安镇。行驶途中，突然有三五个神态凶狠的男性（这种神态似乎很难表述，一方面似乎凶神恶煞，另一方面似乎又懦弱而缺乏自信）上了车，并明目张胆地抢劫前面几排乘客的钱包，一个看起来瘦弱憔悴的农村妇女条件反射地问了一句：你们干什么？回答她的是一句恶狠狠的话：不要说话，否则砍死你。我当时愤怒又紧张，心中充满了惧怕，我的同学拉了拉我的衣角，用眼神示意我不要出声，所有的人都保持着一种恐惧的沉默，而且我意识到，这种沉默是反复训练的结果。这是我第一次这么直接地遭遇到现代的"暴力奇观"，关键问题是，它并非是一个人针对另外一个人，而是一群人针对另外一群人，是大多数人针对另外一群大多数人。在这个互动的过程中，每个人都既是受害者又是施害者。我这么说有充足的理由，当我和我的同学后来站在路边，求助一个摩托车手带我们去目的地的时候，他犹豫了很久，再三盘问并确认了我的学生身份后才最终同意，原因很简单：他觉得我们两个人有可能会在半路袭击抢劫他。我的同学对此表示十分的理解，他告诉我：抢劫几乎每时每刻都在发生，而命案，也以较短的周期出现。他特别叮嘱我，在东莞，结伴而行，万事小心。他的话很快就得到了证明，在我入住长安镇三天后不久，我住地附近的公园水池里，就浮出了一具无名女尸。很显然，她是很多无声无息的消失者中的一位。

我清楚地记得那几个上车抢劫男子的口音，他们来自中国中部的一个农业大省。我在此之前曾去那个地方短暂旅游，形成鲜明对比的是，那个地方的每一个人都彬彬有礼，恪守着某种传统的道德礼节。我印象深刻的是那里的一个三轮车师傅，三十多岁，他同时充当导游和司机双重角色，自始至终，他都热情十足、尽职尽力地完成他的工作，尽管我们支付给他的酬劳其实很低廉。我记忆深刻的一个细节是，在中午就餐的时候，我们再三邀请他一起共进午餐，但是他坚决拒绝，坐在饭店的角落里啃了一个冰冷的馒头。

这个三轮车师傅如果离开了故乡，来到东莞打工，他会不会成为那群"抢劫者"中的一员？不能排除这种可能，那群抢劫者，以及更多的在城市流动的所谓"罪犯"，尽管我们对他们深恶痛绝，但也不得不承认这一点，很多人仅仅是到了城市以后才变成这样，如果在故乡，他们也许是一个模范的丈夫、儿子或者父亲。这是在重复现代史的主题吗？在现代叙述中，总是有这一类的描写：城市让人变得堕落了。在中国现代文学史上，这一主题的最经典作品就是老舍的《骆驼祥子》，本分善良之人在城市堕落，最后走上人生和人性的毁灭。但相对于《骆驼祥子》中那种温婉的哀伤和无能为力的虚弱，我在东莞的现场感受到的却是一种更剧烈的传奇性，就好像无数部美国的西部片，在一种带有狂欢气息的纵欲中发泄着过于强烈的欲望。成群结队的青年男女（他们之中绝大部分是80后的务工者）在街道、网吧、游戏厅、溜冰场、广场、商场、洗浴中心游荡，他们有用不完的精力和体力，一言不和就拔刀相向。这种场景让我想起两个经典描述，一个是本雅明关于18世纪初巴黎的："1798年，一位巴黎秘密警察写道'在一个人口稠密而又彼此不相识，因而不会在他人面前惭颜的地方，要想保持良好的行为机会是不可能的'。""每个属于浪荡游民的人，从文学家到职业密谋家，都可以在拾垃圾者身上看到一些自己的影子：他们或多或少地处在一种反抗社会的躁动中，并或多或少过着朝不保夕的生活。"[1]另外一个是恩格斯在《英国工人阶级的状况》中描述的："这种大规模的集结，250万人口聚集在一个地方，使这250万人的力量增加了100倍，但是，为此付出的代价，人们是以后才能看清楚的。所有这些人越是聚集在一个小小的空间里，每个人在追逐个人利益时的那种可怕的冷漠，那种不关心他人的独来独往就愈让人难受，愈使人受到伤害。"[2]

必须承认这仅仅是东莞的一种色调，这一色调往往从下半夜开始，而当霓虹褪尽，东莞恢复了它作为中国最具戏剧性现代化城市的底色，这一底色就是所有的男男女女回到各自的生产流水线旁边，开始其有秩序的机械运作。在东莞的两个多月，我在朋友的帮助下，多次进入到那些生产流水线的附近。在一个陶瓷加工厂，我看到很多工人在巨大的噪音和灰尘中劳作而没有任何的防护措施，当我问为什么没有相关的

① 本雅明著，王才勇译：《发达资本主义时代的抒情诗人》，第14、37页。江苏人民出版社2005年版。

② 恩格斯：《英国工人阶级的状况》，《马克思恩格斯全集》第二卷，人民出版社1972年版。

劳动保护时，他们几乎是以一种鄙夷的眼神看着我，也许在他们看来，这并不构成一个问题。构成问题的是，一个月能挣多少钱？这些钱又代表着多少的商品和购买力。在另外一家工厂的女工宿舍里，我看到了类似于夏衍《包身工》似的居住场景：拥挤、狭窄、卫生条件简陋。我在一位女工凌乱的床上看到一本盗版的台湾言情小说，那本小说俗艳的名字和装帧设计与那位女工破旧的被褥形成了一种强烈的视觉反差，并构成一个奇怪的反讽式的疑问：原始的资本积累与本能的爱欲是如何共存于这一张简单的木板床？它们的共时性的存在意味着什么？

也许我们应该去读读曾经生活在东莞的"打工诗人"郑晓琼的诗歌《在电子厂》：

1

在桥沥高速公路与一级公路交叉处，

盆景中的常绿植物，大雨积水洼地

黝黑的园艺工人的尘土似的生活

高速巴士、货车，它们驮着时代快速

转动，黑色的沥青道，白色斑马线

冬青低矮似流水线工人，低头忧郁地

走过，暴雨冲刷着生活的尘土与不幸

他们谈论着数年未涨的工资，他们谈论

跳槽，双休日，加班费，他们谈论着

欲望，喜悦，悲伤，但他们决不会

像我一样，沉浸在莫名的自卑

谈论着人生的虚无，细小而无用的忧郁

2

被剪裁的草木，整齐地站在电子厂间

白色工衣裹着她们的青春，姓名，美貌

被流水剪裁过的动作，神态，眼神

这是她们留给我的形象，在白炽灯的

阴影间忍受年轻的冲撞，螺丝，塑胶片

金属片是她们的配音演员，为整齐的动作

注上现实的词句，肉体无法宽恕欲望

藏在杂乱的零件间，这细小的元件

被赋予了庞大的意义，经济，资本

品牌，订单，危机，还得加上争吵的

爱情．可以肯定在电子厂，时代在变小

无限的小……小成一块合格的二极管

3

钻孔机在铁上钻着未来，美梦从细小的

孔间投影，红色的极管，绿色的线路

金黄色的磁头间，它们的小，微小

我们在每一件小事或者庸常中活着

啊，活着，小人物，弱小者，我们

活着的，不远处来来往往的人群

他们活在我的诗句，纸间，他们

庞大却屠弱，这些句子中细小的声音

这颗颗脆弱的心，无法触及庞大的事物

啊，对于这些在无声中活着的人

我们保持着古老的悲悯，却无法改变

时代对他们无声的冷漠与嘲讽

　　这是通过诗歌呈现的"现实"，它几乎以一种反诗歌的近距离描写展示了一个群体的生存状况。这里面最有意思的是一种状态的对比：我作为一个个体自卑、忧郁、痛苦，觉察到"螺丝"般的"人生的虚无"。但是那个庞大的群体却并不关注这些，他们谈论"工资，跳槽，双休日，加班费"以及与日常生活相关的"欲望，喜悦，悲伤"。这同样是我在东莞最强烈的感受之一，在我的观察中，这些几乎全部来自农村的"工人"们几乎没有任何现代的主体意识，他们即使不是完全，也是部分放弃了对自我历史和生活进行正当化的要求，而听命于他们的工厂主和有限接触到的少得可怜的文化娱乐资讯，并在一种自我满足的想象中把个体无限地普遍化为一个受益的群体。这才是问题的可怕之处，这些人完全着意于同一化的物质存在，而拒绝了自我以及精神生活所可能带来的"历史性的自我"。在这个意义上，他们确实代表了"民意"，在发展权不可剥夺的普世话语之下，即使我们意识到全球化和资本化是一个无底深渊，我们也必须勇敢地跳下去，并以全体人民的名义。

3

当然不能简单地指责这种无意识的生活状态，这可能正是中国现代化合法性的最重要的起源之一——人民需要更好的生活——这一生活首先肯定是物质意义上——对于那些数代都被穷困束缚的农民来说，城市意味着一种更好的生活，是一个被充分放大了的流满蜜与油的迦南美地。早在上个世纪80年代，进城的故事就被反复叙述并进入我们的潜意识，在《陈奂生上城》这部小说中，农民进城被叙述为一个轻喜剧，陈奂生进城的目的并非是为了在城市生活，也无须改变自己的农民意识，而仅仅将在城市的遭遇作为一种精神资本，以便回到农村更好地生活。在这里，农民与城市其实只是简单地擦肩而过，并没有多少历史的摩擦和互动。在路遥著名的《人生》中，高加林作为那个时代的有为青年，不惜牺牲道德而获得进城的机会，但是路遥几乎是毫无犹豫地让高加林最后回到了农村，并以为土地能治愈他的焦虑。我在重读这篇小说时的困惑是，高加林真的能在农村安身立命吗？无论是对高加林还是对路遥来说，最后选择回到农村都是一种权宜之计。对于高加林来说，不管他如何努力，他已经无法在农民的身份中安顿自己的身体和意识，实际上，高加林已经回不去了，他的这种回归不过是一种短暂的安歇，他一定会千方百计地寻找另外的道路离开他的土地，再一次走上更疯狂的"进城"之路。

当90年代市场改革的大幕拉开，我们惊讶地发现，高加林们只能以"外来妹"和"农民工"的形象进城，并不得不让自己变成一种纯粹的"商品人"从属于整个国家的资本积累。1999年，一个完全是90年代版的"高加林"来到了深圳，他对土地再也没有路遥似的眷恋之情，他的信中这么说：①

----

① 李家淳：《打工者书信》，《天涯》2013年第6期。

我家的几亩地租出去了就好，租金高低就不管了。这年头，外出的人一拨又一拨，地迟早会荒掉的，看来这是大势所趋。……沿海这边，早就没了种地人，都洗脚上田了，他们仅仅靠征地款和租金就过起了富裕生活，真是"十里不同天"啊！看来我们是投生错了地方呢。我的意见，你也不要再在村里熬了。……兄长也别说我落后……"理想"这个词语，对我来说，遥远得就像天边的云彩，虚飘飘的。

　　2006年，当我询问一位出生于1982年的农民工有没有考虑回到农村生活，他用一种怎么可能的眼神看着我，最后他狡黠地回答说："除非我的那个农村也像东莞这么发达。"他是典型的80后农民工，对土地没有任何实质性的概念，几乎一个月就要换一次工作，也没有任何储蓄的意识，每个月的工资基本上全部用于生活上的各种开销，偶尔在月底还要向朋友借钱。他充满自信地告诉我：不要担心储蓄养老的事情，我坚信我们的国家在我老的时候，一定会让每个人享受到养老保险。

　　这种庞大的"他们"的热情和自信在一定程度上会感染到我，让我有时候会意识到事情本身的复杂性，无法用简单的道德观念和善恶的二元论来面对我身处的中国现实。在我租住的房间的楼上，住着几位歌舞厅的"三陪小姐"，每到下午五点多的时候，她们就会换上艳丽而性感的晚礼服，化上妖娆的浓妆，然后昂首阔步、高跟踢踏地步行穿过几道街巷，在众人的注视中满脸骄傲地去贩卖自己的青春。毫无疑问，正是这种热爱和欲望——虽然带有极大的盲目性——推动着中国的发展。我当时的房东是一个不识字的老太太，仅仅在20年前，她还要每天去田地耕作才能获得温饱，而现在，她完全依靠土地出租和土地转让而拥有数百万收入，而且这种收入还在不断地增加。他们创造了财富，并因此不断刺激着地区的发展和繁荣，长安镇、虎门镇这些昔日的荒野之地如今的繁华程度甚至超过了一个内陆的省会城市。如果借用著名作家阎连科的概念，这是一种"炸裂式"的发展，在以深圳为书写原型的长篇小说《炸裂志》中，阎连科以其独有的"神实主义"隐喻了这种发展的畸形：工厂一夜崛起，收入成倍增长，男人和女人以肉身之躯建起一座座高楼大厦，华堂美馆。时间似乎在此瞬间失效，它的存在，不过是为了证明空间无限制地膨胀，在这种膨胀中——经济的膨胀和欲望的膨胀——时间被完全吞噬。炸裂村与深圳、东莞互为隐喻，它们都是中国近三十年高速发展的个案一种。发展带来了物质的繁荣但同时似乎也在破坏某种统一的、先在的主体人性。媒体和文化书写在这一点上几乎同谋，它们共同描述了一个"变异的"中国和在此生活着的一群没有讲述能力和讲述权利的群体，并对这个群体进行了几乎不加质疑的命名——"农民工"。

这一命名毫无疑问带有强烈的歧视和偏见。无论是主流话语还是大众媒体几乎天然地承认了这一命名的合法性，当然，他们永远不会去问一个"农民工"是否认同这一对他们的单方面的指认。但更有意思的地方也许在于这种命名背后所呈现出来的集体的政治无意识。——即使从最表面的字词组合来看，农民工也是一种奇怪的"组合"，既不是工人，也不是农民，而是"农民＋工人"。通过这一命名，两个阶级都被瓦解了，首先是工人阶级，作为中国宪法定义的领导阶级和最先进生产力的代表，他们在这样的命名中只获得了"下半身"，也就是说，工人阶级已经没有"大脑"了，也就是已经丧失了主体意识，这恰好是中国90年代以来实施市场化改革后的基本事实。在著名的纪录片《铁西区》中，大量的镜头呈现的是工人们在澡堂洗浴的情景，他们拥有让人惊羡的"肉体"，但是这些"肉体"因为意识的空缺而失去了应有的活力。而另外一方面，作为工人阶级最大的同盟军的农民阶级也丧失了其参与历史的机会和活力。在整个中国当代史的书写中，如何将小农意识改造为具有大生产意识的农民阶级，一直是最重要的主题。最著名的例子如赵树理的《"锻炼锻炼"》，不积极参与"集体劳动"的农村妇女被认为是"落后分子"并受到了道德上的惩戒，虽然因为特殊的历史语境，这种运动式的发展大生产的行为以及迫切生产"社会主义新人"的做法值得商榷，但至少在意识的层面，这种对"小农意识"的警惕和反对有其重要的历史意义。如果我们对比一下近两年热播的农村题材电视连续剧《乡村爱情故事》，就发现了这里面历史的逆转。在《乡村爱情故事》里，农民个人的发家致富被缝合进"成功"的资本意识形态，《"锻炼锻炼"》中遭到批评的落后分子在此变成了"楷模"。更值得注意的还不是这种"先进""落后"的互换，而是农民作为单原子个人的被喜剧化，这一喜剧化不指向某种讽刺和批评的目的，而是仅仅停留在"小丑"式人物的本身，在这个过程中，不仅是"农民阶级"，连"农民"也消失了。农民现在仅仅成为小农意识的载体，当他们进入工厂，被配置上相应的技术和装备，于是，"农民工"诞生了。

这是资本和意识形态所需求的某一类群体，他们拥有小农的大脑和工人的体能，如此既能够符合规范地生产利润，同时又不会产生一个阶级的意识和主体，不会形成新的革新的力量。请问，半个工人和半个农民怎么能形成一个新的阶级呢？发问者会留给我们一个灿烂的笑脸，并将资本和意识形态的如意算盘志得意满地收入库房之中，它们意味着历史真的终结了。

4

事实会是如此吗？在中国逐渐扩大的现代大生产的过程中，农民工真的无法产生独立的主体和意识吗？哪怕这种意识仅仅是少得可怜的一点点？在东莞我被这种焦虑所引导，为此我专门进行了一个抽样调查——我凭借某种文学的而非社会学的直觉，设计了一个简单的名之为"东莞普通工人精神生活调查"的问卷，在朋友的帮助下，对东莞的"普工"进行随机抽样调查。问卷共设计四大类（基本信息、工作情况统计、非工作情况统计、认知情况统计）32个小问题。下面的图表是对反馈回来的问卷进行统计处理的结果：

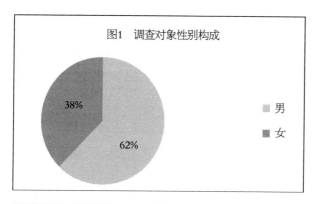

图1 调查对象性别构成

38%

62%

■ 男

■ 女

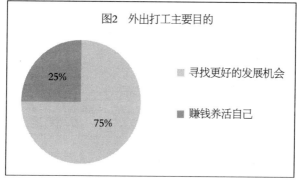

图2 外出打工主要目的

25%

75%

■ 寻找更好的发展机会

■ 赚钱养活自己

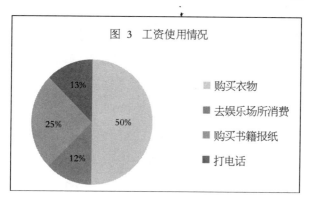

图 3 工资使用情况

13%

25%

12%

50%

■ 购买衣物

■ 去娱乐场所消费

■ 购买书籍报纸

■ 打电话

根据这个调查问卷提供的信息，我们可以非常直观地看出"寻找更好的发展机会"成为农民工外出打工的主要诉求。在这样的发展诉求中，他们将工资所得大部分用于两个方面，一是购买衣物，二是购买书籍报纸。这第二类所占的25%曾让我暗自窃喜，因为在我看来，阅读对于自我主体意识的建构起着至关重要的作用，但疑惑同时开始了，他们是否将更多的时间花在了阅读上？他们阅读了什么？谁在主导他们的阅读？如果他们仅仅是接受简单的娱乐资讯或者一些经过包装的文化产品，那么，这种阅读是否又回到了资本的消费逻辑中？

在上世纪80年代，《平凡的世界》中的孙少平"在下午剩下的最后一点时光里，他还到新华书店买了几本书。其中他最喜欢的一本书是《一些原材料对人类未来的影响》"。由此，"一个煤矿工人，心怀'人类未来'，把自己的工作（生产'原材料'）与宏大的历史远景自觉地相结合"。[①]

在1994年，深圳打工者李家淳给家人的信中这么写道："最近读了《文化苦旅》，才知道散文流变极快。余秋雨老师算是开辟了某种新的散文文体，比

---

① 黄平：《从"劳动者"到"劳动力"——"励志型"读法、改革文学与〈平凡的世界〉》，《文艺争鸣》2010年第5期。

之传统，语言风格也有了很大的突破和创新。……散文贵在真实，这种真实是指精神意象的真实。不过据我粗浅的翻读，我觉察出了散文语言太过于追求新颖和变化，也许容易陷于某种'语言虚假'，《文化苦旅》中的某些段落，便散发出了这种味道。"①

在2006年，我在东莞的街头书摊上看到的几乎全部是《麻衣算命》《如何巧中六合彩》《赌马有诀窍》《快速致富的方法》等书籍。

《一些原材料对人类未来的影响》其实是一本虚构出来的书，而《文化苦旅》不过是一本"语言虚假"的作品，那么，对于生活在当下的农民工而言，如果他们不服从于资本的文化规训，如果他们稍微迸发了一些反抗的意识，那么，他们应该去阅读什么？毛泽东在上个世纪40年代曾经毫不犹豫地指出："严重的问题是教育农民。"那么，现在是不是应该这么说：

关键问题是教育农民工。
而关键问题的关键问题是——谁来教育农民工？

---

① 李家淳：《打工者书信》，《天涯》2013年第6期。

五、从小资产阶级梦中惊醒

1

资本家和工厂主会教育农民工，他们将其变成合格的流水线机器人；大众意识形态会教育农民工，因为这是潜在的巨大的消费群体，他们不仅消费实物，同时也消费着文化。权贵和官僚们同样在教育他们，让他们做一个"好人"——无论是"三峡好人"还是中华道德模范。很显然，这些教育都不是我所期待的，在某种意义上，他们并不能真正完成这一教育所必须承担的现代责任：唤醒主体，重塑意识。将被强行拆散打碎的阶级重新在历史中缝合起来。这个时候，我们似乎需要另外一个阶级——小资产阶级。也许只有小资产阶级才可能，并愿意去教育农民工以及其他的社会底层，并在这个过程中完成自我的教育，这是一种互动式的教育，在中国的现代史上，正是这种互动式的教育催生了新的工人阶级和农民阶级，并改写了中国的历史。小资产阶级能完成这个任务吗？在回答这个问题之前，我想通过几个文学作品的细读来溯源小资产阶级的主体形象和历史功能。

1978年，北岛在小说《波动》中塑造了一个典型的小资女性的形象——肖凌。李陀在2010年重新发现了这一点，"肖凌是个小资"。为了突出这一点，李陀在文中再三强调："女主人公肖凌就是一个典型的小资，不过她是个'文革'时代的小资，是当代小资的一位前辈。"① 李陀的这个判断其来有自，在李陀看来，肖凌作为当代小资的前辈，其身上有典型的小资气质，这一小资气质尤其表现在她的审美趣味上：《月光奏鸣曲》、洛尔加的诗歌、雪白的连衣裙，还有红茶和葡萄酒。而在另外一个层面上，作为一个特殊时代的小资，肖凌又呈现出特别的向度，那就是"强烈的不安全感"和"坚韧又十分简单幼稚的虚无主义"。

---

① 李陀：《波动》序言，香港牛津大学出版社2012年版。

如果我们继续抓住肖凌这个典型小资不放，或许可以展开不同向度的讨论。首先要追问的是，除了肖凌之外，《波动》中还有没有别的小资？如果按照上述李陀的标准，我觉得至少另外两个女性也可以放到小资的行列里：林媛媛和发发。这两个女性在小说中占了不少篇幅，尤其是林媛媛，她最后离家出走的情节构成了小说一个小小的高潮。这两位女性身上的小资趣味甚至比肖凌还要重，发发出场伴随的是几个非常小资的动作：吐出一个又浓又大的烟圈，扭着屁股，同时还关心地打听北京的流行服饰（裙子的长短问题）。而林媛媛则与发发形成鲜明的对比：天真、不谙世故，是一个还生活在父亲保护下的女学生模样。如果我们将这三个女性并列来看，会发现一个有意思的现象，在某种程度上，这三个女性构成了《波动》对于小资女性的三种不同的想象：林媛媛是还在成长中的小资女性，发发是一个在道德上显得非常暧昧带有一点堕落色彩的小资女性——她让我不由得想起茅盾笔下的孙舞阳。而肖凌，从整个小说的叙述来看，是一个呈现出复杂"内面"的小资。在这个意义上，北岛选择肖凌为作品的主人公颇有深意，同时，李陀指认肖凌——而不是林媛媛和发发——为该时期小资的典型代表显然也值得琢磨。也就是说，同样具有小资气质，为什么肖凌具有优先权？除了李陀提出的"强烈的不安全感"和"坚韧又十分幼稚的虚无主义"之外，还有没有什么别的东西？

实际上，如果从"不安全感"来说，《波动》中的任何一个人似乎都生活在强烈的不安全感中，这种"不安"对应了"文革"这个特殊历史时期的心理氛围；如果从"虚无主义"这个角度来看，发发和白华的虚无主义似乎比肖凌更为彻底和绝望，至少在肖凌这里，她最后还是相信了爱情，尽管这场爱情是一个悲剧。在我看来，肖凌最为独特之处不在于这种虚无主义，而恰好是意识到了这种虚无主义之后的一种自觉抵抗。小说中有一段对话至关重要：

> （肖凌）"请你告诉我"，她掠开垂发，一字一字地说，"在你的生活中，有什么是值得相信的呢？"
>
> 我想了想，"比如，祖国。"
>
> "哼，陈词滥调。"
>
> "不，这不是个用滥了的政治名词，而是咱们共同的苦难，共同的生活方式，共同的文化遗产，共同的向往……这一切构成不可分的命运，咱们对祖国是有责任的……"
>
> "算了吧，我倒想看看你坐在宽敞的客厅是怎

谈论这个题目的。你有什么权利说'咱们'？有什么权利！"她越说越激动，满脸涨得通红，泪水溢满了眼眶，"谢谢，这个祖国不是我的！我没有祖国。没有……"（《波动》，第23页）

我以为这段对话的意义不仅仅是展示了肖凌的虚无主义思想以及她和杨讯之间的重要分歧，更重要的是作为一种"言说方式"和"行为方式"暗示了肖凌的与众不同，也就是说，她是通过对一些重大问题（不仅仅是生活上的小情小绪）的思考和辩论来凸显其小资产阶级身份和意识的。肖凌与文中的另外两个小资林媛媛和发发的最大不同正在于此：肖凌经历了一种非常重要的小资产阶级自我意识觉醒的过程。而这一自我意识的觉醒，在林媛媛、发发甚至是杨讯的身上都没有发生，这是第一点。第二点是，通过文中类似的此类对话，我们可以看出来，肖凌的虚无主义是多维度的，她的虚无主义处于"相信——幻灭——希望"的历史链条中，也就是说，在肖凌的身上集中体现了中国"文革"后一代小资的成长史。这部成长史，与中国当代史的变化密切相关。我们应该还记得在1950年代有"可不可以写小资产阶级"的批判运动，中国的当代想象很大程度上建基于对小资产阶级的改造、排斥、压抑，而"文革"的终结，使得这种小资产阶级的想象找到了一个可以重新浮出历史地表的契机。

2

小资产阶级的自我意识是如何觉醒的，这对于肖凌，对于我们分析整个中国当代小资产阶级的生成和书写都非常重要。因此，有必要梳理肖凌的个人历史，追问其意识发生的根源。正是在这一点上，我们发现了一个非常有意思的现象，如此重要的一个人物，其历史起源居然是含混不清的。在整个小说的叙述中，对肖凌个人历史的叙述并不多，只有很有限的几处，通过这几处，我们大致了解到肖凌出身高知家庭，接受过良好的教育，母亲在"文革"中被逼自杀，她下乡后遇到另外一个知青谢黎明，并生了一个孩子。这些零碎的叙述大致勾画出一个受侮辱与受迫害的人物形象，但与其时流行的伤痕文学相比，很显然，这并不是一个泄愤的让人仅仅停留在同情的表层的人物，相反的是，肖凌在这些遭遇中升华出一种可贵的反思和质疑精神，她不仅试图保留和书写自我的历史（她的日记是最好的记录），同时也以其实际的行为与历史保持可贵的互动和辩诘。这是肖凌最典型的气质特征——她的虚无主义是建立在清醒的历史理性主义和批判的基础之上，并隐约指向一种积极的个人主义。

我以为肖凌的小资产阶级意识的觉醒是某种结构性的产物。中国上个世纪70年代到80年代的巨大社会变动激活了小资产阶级的想象，小资产阶级在对既有的道德价值批判的基础上，产生了新的自我意识。在80年代另外一部被广泛阅读的小说《新星》中，同样出现了这样一个肖凌式的人物——林虹，她的家庭出身、生活经历和言谈举止都与肖凌有高度的相似性。我曾经在《〈新星〉与体制内改革叙事》①一文中分析了林虹的形象，认为她代表了一种以个人为本位的人生观价值观，与以集体为本位的革命价值观形成一种鲜明的对抗。如果把肖凌和林虹放在一个历史序列来看，会发现这其实就是一种小资产阶级的价值观。正是这种小资产阶级的价值观，构成了80年代改革想象的重要组成部分。特别需要提到的是，我认为在80年

---

① 杨庆祥：《〈新星〉与体制内改革叙事》，《南方文坛》2008年第5期。

代其实存在着一个重要的历史契机，就是通过对小资产阶级的想象和书写，中国当代文学可能会产生出非常典型的资产阶级个人形象（如巴尔扎克笔下的那些人物形象一样），但非常遗憾的是，这种可能性似乎就终结在肖凌和林虹这里。

　　肖凌和林虹的终结与其说是一种小资产阶级想象的终结，还不如说是另外一种小资产阶级想象的开始。在文学领域，这一想象转变的最典型代表当属王安忆，在90年代初的中篇小说《我爱比尔》中，主人公阿三就是一个小资，这个小资形象可以说是《波动》中林媛媛和发发的结合体，一方面显得文艺而单纯，另一方面又有道德失控后的欲望堕落。在上海的另外两位作家卫慧和安妮宝贝那里，小资完成了其想象形态的彻底转变，小资成为这样一种符号化的存在：文艺腔，出入于夜店咖啡屋，有莫名其妙的收入供其消费，陶醉于暧昧的情欲和放纵之中。很有意思的是这两位作家都与"宝贝"一词有关，前者的代表作为《上海宝贝》，后者的笔名中含有宝贝。这充分显示了90年代关于小资想象矫情造作的一面。现在我们看到的是，如果按照小资的谱系进行历史梳理，会发现《波动》中的典型小资已经不见了，而《波动》

中另外两个非典型小资——林媛媛和发发——则被充分
放大、强化，成为90年代以后典型的小资想象。

3

　　如果要将90年代以后产生的小资与肖凌这一类小
资进行区隔，在我看来，需要注意以下几点，第一，
肖凌所代表的小资是有历史意识的小资。虽然肖凌的
个人历史在《波动》中并不清晰，但是肖凌对于整个
大的历史进程有一种高度的敏感和自觉。而在90年
代以后的小资那里，历史已经被"阉割"——最典型
的隐喻是《上海宝贝》中的男主角天天，他被塑造成
一个完全没有性能力和生活能力的人——无论是个人
的历史还是家国的历史，都被身体的感觉和情绪所代
替。在"有历史"的小资那里，白裙子、钢琴、诗歌
都有其明确的历史所指，而在"脱历史"的小资那
里，这些都已经成为消费的符号。正是在这个意义
上，肖凌所代表的小资是一种政治化的小资，虽然这
种政治化以一种排斥政治的面目出现；而90年代以后
的小资则是一种去政治化的小资，或者用李陀的话来

说，是一种消费化的小资，历史、道德、身体等等这些都失去其具体含义，变成一团混沌的消费物被小资拿来消费。这是第二点。第三，在这种娱乐化、消费化的小资想象中，有主体自我的小资产阶级变成了无主体自我的小资产阶级。正如我在上文中指出的，在肖凌那里，虚无主义是一种反抗（不管这种反抗是否有姿态性的东西在里面），肖凌正是通过这种剧烈的反抗建立了自我意识和历史意识。而在90年代小资这里，这种反抗消失了，个人与历史、社会变成了一种含情脉脉的关系，小资由此变成了一个流行的文化符号，任何人都可以通过符号的消费把自我归置到这个"群体"中，在这个意义上，"小资"已经被自动化和程序化，也可以说已经瓦解了自己的阶级属性。

从《波动》《新星》中的小资到《我爱比尔》《上海宝贝》中的小资，这其中既有一定的延续，但更多的是让人触目惊心的断裂和变化。可以这么说，"文革"催生的小资和90年代催生的小资处于完全不同的历史逻辑和历史想象中。在80年代，小资的趣味和想象是保存自我的一种方式，并通过这种保存，与历史进行对话和互动，无论如何，在肖凌、林虹那一代小资身上，我们看到的是更多的道德克制和自我反省。而在90年代的小资那里，小资的趣味和想象变成了自我逃逸历史的手段，更多的是借助这种逃逸来获得放纵和享受。也就是说，在80年代，小资是一种别样的生活可能，这种可能恰好是革命的源动力。而在90年代的小资这里，无论是在文本还是在现实的层面，据我个人的观察，小资似乎是一种预定的生活，尤其对于80后、90后的中国青年来说，这种生活似乎是必然如此的，它是一种成规和惯例。

如果我们在此继续追问，就禁不住会产生怀疑，这样的去历史化的小资能够完成教育别人的重任吗？或者说，当他们自己都沉浸在某种现实的幻觉之中，他们连自己的阶级意识和阶级属性都不能清晰地意识到，他们凭借什么去完成情感教育、审美教育甚至是阶级教育？在杨沫的《青春之歌》中，小资产阶级的林道静因为有了工人阶级的教育而获得了最终的成长，并在成长中解放自我和他者，那么，在21世纪的中国，工人阶级已经基本消失在文化视野之中，谁来引导小资产阶级？因此我们只能面对一个无法选择的事实：要教育农民工，必须借助小资产阶级，而小资产阶级首先不得不进行一种自我教育，才能真正行使其责任。

4

历史将这个问题推到了80后面前。

2009年年底，我读到张悦然的短篇小说《家》，这部作品讲述了一个小资产阶级青年女性和一个农村小保姆的故事，这正是小资产阶级和农民工的叠加和互动，在这个意义上，我将这个小说视作一篇漏洞百出的"社会问题小说"。她触及到的，正是小资产阶级的自我认知和自我教育问题。

张悦然小说中的"家"由一女（裘洛）、一男（井宇）和一只猫组成，这个家充满了小资产阶级的情调和某种现代的品质，这不仅是指这个家庭的日程表、消费程序具有典型的现代大都市的特征，也指这个家与传统家庭结构之间的区别。首先，这个家是没有婚姻来予以保障的，他们只是组建了一个简单的共同体并保持有各自的个体性。其次，这个家没有孩子。一个事实是，在中国人的传统观念中，家必然与生育相关，也就是说必须有父母子女才构成一个完整意义上的家。

我想指出的是，这种生活具有某种典型性。在中国的大都市中，这种小资产阶级的家比比皆是。它们构成了中国现代生活最重要的一部分，并在一定程度上呼应着全球资本主义时代的普遍性生活模式。萨义德曾指出这种现代生活方式的蔓延所提出的重要挑战："无子嗣夫妇、孤儿、堕胎，以及不继续繁育的独身男女，以不同寻常的坚忍聚集在这个高度现代主义的世界上，所有这一切都说明了嫡属性的困难。然而，在我看来，同样重要的还是随着这模式的第一方而直接产生的第二方，即产生不同的构想人类关系的新方式的压力。……那么，男人和女人还有什么别的方法能够创造出相互的社会关系，以替代那些把同一家族成员跨越代际连接起来的纽带呢？"①

加拿大作家艾丽丝·门罗有一篇非常著名的短篇小说《逃离》，故事讲述一位年轻的已婚女性因为不堪忍受平庸的家庭生活而离家出走，却半途而废，重回家庭。也就是说，现代家庭已经构成了一种普遍的情境，这一情境成为了另外一套压迫和束缚的机制，对于它的反抗，因此也呈现出了同构性。重构社会和主体之间的联系，是中国现代文学的重要主题之一，巴金的《家》从旧式传统家庭里面"逃离"，是为

① 【美】萨义德著，李自修译：《世界 文本 批评家》，三联书店2009年版，第27页。

了构造一个具有启蒙意义的现代个人主体，而鲁迅的《伤逝》则证明了这种现代主体重构的困难重重。也许我们可以把鲁迅的《伤逝》作为张悦然的《家》的一个前文本来进行比较阅读，我们发现，张悦然的"家"的构成其实很像鲁迅的《伤逝》，子君、涓生和一条狗（唯一多出来的是充满了反讽感的四只油鸡）构成了20世纪初"五四式"的"家"，而裘洛、井宇和猫构成的是一个21世纪的"家"。很显然，这两个家位于不同的历史坐标。在《伤逝》中，"家"的建立依托于启蒙话语，在"我谁都不是，我只属于我自己"的个性解放和个人奋斗的召唤结构中，子君和涓生通过"家"宣示了自我的主体地位，并与社会形成对立的关系。但鲁迅以难得一见的伤感叙述反讽了这种"个人奋斗"的虚幻性，即使这种虚幻性促成了一个更具内面和自省意识的现代自我的生成。也就是说，在鲁迅的那个历史时刻，如何通过社会结构的解放来真正解放个人，并建立一个自足的、个人有所依附的"家"是目的，是社会解放的一种指向性的诉求。《伤逝》虽然以"家"的失去为结局，却包含了对这种"家"的重建的渴求和愿想。而在张悦然的历史坐标中，个人解放和个人自由已经成为一种内在化的社会话语，并在社会结构中成为一种自动的历史程序。因此，这个"家"恰好是这种话语无限膨胀和无限自动化的结果之一，好像对于生活在21世纪第一个十年的我们来说，选择这种"家"来安置自己的生活是一种宿命。也就是说，这种小资产阶级的"家"可能是鲁迅那个历史时刻的终点，却是我们这个时刻的起点。但历史的吊诡之处在于，无论是起点还是终点，那个我们一再诉求的真实的个人解放却一再从我们的身上被阉割，因此，从鲁迅的"家"到张悦然的"家"，虽有不同的问题应对，却不得不分享共同的幻灭之感。这似乎是历史的一个恶作剧。

对个人解放的期待曾促使鲁迅提出了"娜拉走后怎么办？"这样的疑问。鲁迅的回答是，可能还是要回来吧。事实是，娜拉确实回来了，但是回到的不再是那个古老的巴金式的家，因为这种家的社会基础已经不复存在，她能够回到的，可能也就是一个现代的小资产阶级式的家庭吧。在这样的家里，历史的负担和现代化权力结构被交叠在一起，虚无和乏力因此也是双倍的。女主角们不得不再次选择"逃离"——这一次后革命时代的出走很显然没有那么多的戏剧性冲突——"提起行李箱"就可以消失在人海之中，但是，一个小资产阶级主体要逃离自己的历史位置和历史结构，同样不是一件容易的事情。

5

张悦然的《家》里有一个特别富有隐喻色彩的空间叙述，这个场面发生在资本家老霍——他是男主角的上司——的豪华别墅里面，这是一个充满了虚荣和伪饰的空间：

> 欧式洋房，有那么大的私人花园，夜晚安静得让人不觉是在人间。一屋子的古董家具，各有各的身世。比祖母还老的暗花地毯，让双脚落地都不敢用力。所有的器皿都闪闪发光，果盘里的水果美得必须被画进维米尔的油画，再被卢浮宫收藏，她端着酒杯的时候心想，还从来没有喝过那么晶莹的葡萄酒。女主人用空运来的龙虾和有灵性的牛制成的牛排盛情款待，饭后又拿出收藏的玉器给大家欣赏。

这里饶有意味的是两个空间的对比——小资产阶级的家和大资产阶级的家。这背后呈现的其实是具体的社会结构。法国社会学家亨利·勒菲弗曾指出社会空间与资本主义生产关系之间的紧密关联，在他看来，现代资本主义不但在进行物质产品的再生产，更重要的是，在物质生产的同时还进行社会生产关系的再生产。空间是社会生产关系再生产的最重要场所。资本主义正是通过对空间的规划和安排、分割和等级化，赋予不同的空间不同的功能和权力，正是在这个意义上，空间是一种是有差别的、政治性的社会产品。①在这种资本的空间切割和分配中，小资们敏感地意识到了资本作为一种压迫体系的可怕。这可能是发生在当下中国最惊心动魄的一幕：

> 身轻如雪的心之重负啊，
>
> 将大面积的资本化解于无形。
>
> 时间的白色，片片飞起，
>
> 并且，在金钱中慢慢积蓄自己，
>
> 慢慢花光自己。而急迫的年轻人
>
> 慢慢从叛逆者变成顺民。
>
> 慢慢地，把穷途像梯子一样竖起，
>
> 慢慢地，登上老年人的日落和天庭。

---

① 参见【法】亨利·勒菲弗编著，李春译：《空间与政治》里"资产阶级与空间"一章，上海人民出版社2008年版。

……

那么，你会为事物的多重性买单，

并在金钱的匿名信上签名吗？

无法成交的，只剩下不朽。

因为没有人知道不朽的债权人是谁。 [①]

　　小资产阶级青年在一个巨大的物质资本的时代意识到了一个充满悖论的现实：个人奋斗被认为是实现个人价值的最有效和最合法的途径，但是，因为目标已经被无限地欲望化和无限地膨胀，个人奋斗变成了一个西西弗斯式的被悬置了的空洞所指。目标强化了过程的神圣感，但是当目标变成了一个不真实的存在的时候，过程也就开始失去其意义。

　　"资产阶级提供了成千上万种让你摆脱资产阶级世界的手段，而实际上没有人能够从中逃脱。我们从来没有走出或者摆脱现实。它具有一种更巧妙地让我们安心待在此处此地的功能。"[②]无论多么牵强，张悦然在小说中还是安排了男女主角的双重出走。这是非常有深意的，如果是女主角一个人的出走，这个故

---

　　① 欧阳江河：《凤凰》，香港牛津大学出版社2012年版。

　　② 刘怀玉：《现代性的平庸与神奇》，中央编译出版社2006年版，第56、57页。

事可能就会停留在女性解放的书写传统中，但《家》要解决的显然不仅仅是女性解放的问题，而是中国当代小资青年的选择和出路问题。同为上世纪80年代出生的一代人，我们和裘洛、井宇面临的共同问题是，我们用何种方式来处理个人与日益"规定化"生活情境之间的关系？选择逃离——而不是更具有冲突感的反抗、抗争——实际上意味着我们不过是以一种更温和、更无害的方式来有限度地调整个人与社会之间的关系，这种方式的选择，大概也就体现了小资产阶级的"妥协"和"软弱"吧。

在我看来，这种妥协性非常突出地表现在小说为这两个人设计的出路上，那就是，他们出走后正好发生了汶川大地震，井宇和裘洛于是都选择去了四川地震现场，做一名志愿者。这是一个非常有意思的情节设置，去地震的灾难现场比去任何别的地方更有历史意义。但也正是在这一世故的细节设置中，我们发现了"个体解放"的一种可能和限度。在张爱玲的《倾城之恋》中，一个城市（香港）的沦陷成全了一场爱情，宏大的历史与渺小的个体就这样以一种扭曲的形式纠缠在一起，而在张悦然的《家》中，我们是否也可以说，一场灾难成全了无数个体解放的渴望。男主人公井宇在信中说：

每天听到最多的词，就是"生命迹象"。这个词总是能够让我兴奋，仿佛抓住了生活的意义。说起来真好笑，其实也帮不上什么忙，可是在这里，每天到处奔忙，随时处于一种要帮忙的状态里，就觉得浑身都有力气。

这段话可以看作是80后的自我反思，"生命迹象"对应的是"物化生活"，"生活的意义"对应的是"生活的虚空"，"要帮忙"和"浑身都有力气"对应的是以前刻板的"小资产阶级的生活"。也就是说，地震提供了这样一个历史现场，在这个现场里面，个体突然意识到自己的主体性和真实的存在感，他们不再是躲在空房间里面的可以被随时替代的虚假的主体，他们也不是被日程表和物质符号所控制的"单向度的人"，现在，他突然有了"强烈的倾诉欲"，并关心起以前忽视的"他者"。在井宇的信的最后，他说："对了，忽然想起，在咱们家干活的小菊，就是四川人。不知道她的家人都平安吗？代我问候她。"这个结尾包含有某种"大和解"的意味，通过一个灾难性的事件，所有的人开始握手言和。但与一般的和解不同的是，个体在和解中一直处于强烈的反思和不安中：

> 我说到做乡村教师，来这里当志愿者，你大概会
> 取笑我。我们都不是那种一腔热血的人，也没有泛滥
> 的同情心。……这里的志愿者像蝗虫那么多，我不知
> 道他们是否也和我一样，是抱着自救的目的而来的。

井宇的这番坦率自白表明了"回到历史现场"式
的拯救的限度，个体的解放现在不可能再附着于各种
宏大的叙事了，那些宏大的叙事已经在鲁迅、巴金甚
至张爱玲那里耗尽了其历史建构的功效。对处于21
世纪初的青年人来说，个体的解放只能是通过一个偶
尔的历史事件来进行一种自我疗救和自我治愈。对于
裘洛和井宇来说，地震是一个偶发的历史事件，他们
把自救的希望寄托在这样一个偶发的事件上，是否也
过于单纯和天真呢？在汶川大地震发生后，中国确实
有无数的青年人在第一时间赶赴灾难现场，并承担起
一个青年的责任，但是，地震结束后呢？一场地震固
然可以改变一些个体的价值观和生活观，但是对于一
个群体而言，他们还是要回到这个结构森严的社会中
来，重新过上没有自由和解放感的生活，那么，在这
样的情况下，地震对于我们来说不过是再一次证明了

主体重建的难度罢了。特别有意思的是，这种自以为是的"拯救"不仅在想象的层面，同时也在现实层面遭到了失败。最近两年，网上有一篇反思大学生支教的文章《叔叔阿姨，请你不要来我们这里支教了》被反复转发，文章以乡村学生的口吻，批评支教者的虚伪和表演性，有一段是这么写的：

> 打点着七天的收获，突然间明白，你们的故事你们的游戏你们所给予我们的，远没有我们土生土长的、喝着泥巴水……脸上永远没有微笑的老先生来得实在，更能让我们感受到知识的力量。
>
> 毕竟，你们是来旅游的。你们是让这块熟着的黄土地见证你们的爱情而来的，你们是带着爱心寻求自我内心的安静而来的，你们是寻找呼吸西部贫瘠的空气而来的，我们以肤色的名义同意，以档次的不同而疏远着。

这或许并不真是一个乡村学生写的，但却肯定是一个熟悉支教活动的人写的。我们以为我们到达了现场，却发现我们只是进一步疏远。"以档次的不同而疏远着。"——"档次的不同"，其实就是阶级阶层的不同罢了。这里呈现了回到现场的难度，这一难度构成了我们这个时代最有症候性的命题，那就是，在社会结构没有发生根本性改变之时，任何个体的解放都可能是有限度的，它不得不借助于历史的偶然性。这正是今天小资产阶级面对的历史困境，板结化的社会结构似乎已经成为不可改变的事实，我们只好借助一种浅薄的存在主义和虚无主义来予以"抵抗"，以此逃避对于自我更新和再造社会的责任和义务，于是，回到现场变成了另外一种逃避。

但让人惊讶的是，这种逃避似乎成为一种普遍的想象历史和主体的方式。在另一位80后作家马小淘的《毛坯夫妻》中，这种逃避以更极端的方式呈现出来，女主角温小暖过着一种典型的"宅女"生活："她不睡觉，她不起床，她不工作，她不学习，她不懂善解人意，她看不出眉眼高低，她压根不是成年人。"这是一个完全拒绝成长的主体，有意思的是，小说同样安排了一个戏剧性的场景，温小暖被邀请参加一个同学聚会，从自己位于六环外的没有装修的"毛坯房"走进了昔日同学，现在已经是富商太太的豪华别墅中，很显然，这是某种被强化的"成人仪式"，但温小暖不仅拒绝了这种成长，而且用一种戏谑的态度将这一可能性的成长完全消解了：

我又不认识她，我跟她厉害啥！再说你看她装腔作势的，在屋里披个破披肩，这什么季节啊，这么暖和，又不是篝火晚会。这种显然不是正常人啊，要么就是太强大了，强大得都疯了，我可不没事找事跑去招惹她；要么就是太虚弱了，我不向弱者开火，我有同情心！

这里面暗含了当代文学中由"进取的自我"（以孙少平、高加林为代表）到"不思进取的自我"的变化轨迹。①我在人民大学的本科课堂上曾经讨论过这一作品，让我稍感惊讶的是，那些出生于1990年代以后（在中国的代际划分中，他们被称为"90后"）的青年大学生对温小暖这样的人物抱有极大的同情甚至是认同。这由此提醒了我，温小暖这样的"宅男宅女"不仅仅是一个审美性的文学人物，她就是我们的现实，这是中国当下小资产阶级青年对于现存秩序的无可奈何的认领，并通过"去成人化"来获得一种精神上的平衡。

---

① 黄平、杨庆祥、金理：《当下写作的多样可能——80后学者三人谈之六》，《南方文坛》2012年第6期。

6

通过历史的"偶然"来进行自我教育或者通过退守自我的内心世界来进行自我教育，无疑是一种症候性的社会参与危机，被夸大了的"历史现场"和被夸大了的"内心世界"并不能真正克服这种危机，相反，它可能造成一种现代性的倦怠。这种现代性的倦怠弥漫在几乎每一个80后的小资产阶级的男女身上，这使得他们未老先衰，并往往以一种偏执的"趣味"（生活趣味和审美趣味）来填充这种因为真正历史和真实现场缺席后的巨大的人生黑洞。这一人生黑洞只能让真实的历史和真实的现实来填充。

在另一位非80后的作家蒋一谈的作品中，他用现实——虽然沉重得可怕——来教育他作品中大量出现的80后主人公们。在短篇小说《China Story》中，年轻的大学毕业生在大都市工作，而他衰老的父亲孤身一人生活在家乡的小镇，为了读懂儿子编辑的英文杂志，这位老父亲以极大的热情投入到了英语的学习中，以至于陪伴他的鹦鹉都学会了一句"China Story"。小说以悲剧结束，父亲卖掉了小镇上的房子，目的是给儿子交房子的首付，在某个早晨，他死于心脏病突发。他的儿子远在都市，没有任何的途径和可能给他这位濒死的父亲"输氧"或者"输血"，唯有那只鹦鹉以48声"China Story"为这位老人唱挽歌。80后的儿子以无心的残忍剥削着自己的"故乡"和"父亲"，这是多么典型的中国故事！那么，是什么样的现实或者社会造成了这种循环的剥削呢？

在另一个短篇《林荫大道》中，蒋一谈描写了"富人们"的生活：住在价值三千万的别墅里，前面是长长的林荫大道（注意：林荫大道同时也是一个顶级豪车的品牌），后面是碧波荡漾的游泳池，衣橱里是满满的奢侈品衣服和鞋子。当工作都没有着落的历史学博士夏慧目睹这一切的时候，她有一种强烈的不适应感。她的历史老师在很久以前告诉她：读懂历史就是读懂无情的含义。现在，什么是历史？什么是无情？也许那些缺席的富人们就是历史？也许他们就是那样无情地攫取着更多的资源和利益，而将更多的荒芜留给了像夏慧这样的小资产阶级。如果这就是历史，这是什么样的历史！在鲁迅那里，小资产阶级至少还有理想破灭的资格，而在夏慧们这里，他们连这种破灭的机会都没有。当夏慧们读懂这一无情历史的含义的时候，她想到的是最极端的处理方式——死亡：

如果这个时候苏明将她推下阳台，她一点都不会责怪他。

2010年，中国最大的代加工企业之一富士康发生了"七连跳事件"，据媒体披露：

2010年1月23日，凌晨4时许，富士康19岁员工马向前"高坠"死亡。

3月17日，富士康龙华园区，新进女员工从3楼宿舍跳下，跌落在一楼受伤。

3月29日，龙华厂区，一男员工从宿舍楼上坠下，当场死亡，23岁。

4月6日，观澜C8栋宿舍饶姓女员工坠楼，仍在医院治疗，18岁。

4月7日，观澜厂区外宿舍，宁姓女员工坠楼身亡，18岁。

4月7日，观澜樟阁村，富士康男员工身亡，22岁。

5月6日，龙华厂区男员工卢新从阳台纵身跳下身亡，24岁。

事件发生后，各种心理分析、精神治疗甚至法师祈福等活动甚嚣尘上。但没有人去追问，这些年轻人的自杀究竟意味着什么？如果苏明将夏慧推下阳台，苏明是真正的凶手吗？富士康是将这些工人推向死亡的真正凶手吗？——答案如下：真正的凶手包括富士康但远多于富士康，真正将这些年轻的工人推向死亡的，是不合理的资本分配和利润剥削。

夏慧愿意以身赴死的微妙心理和现实世界中富士康工人的"七连跳"构成了一种历史的呼应，并共同构成了我们这个时代最真实抵抗——而非假面抵抗——的隐喻。在意识觉醒的那一时刻，小资产阶级和工人阶级构成了一种真正意义上的历史的同盟。那么，在这样的时刻，是否会意味着一种新的开始呢？

7

有意思的是，张悦然的《家》中出现了一个配角——农村保姆小菊的形象，在一个充满小资情调的叙述中突然来一段底层叙述，怎么看都有点疙疙瘩瘩。但这正是关键问题之所在，在第一部分故事里，女主角裴洛作为一个叙述者与作者的声音其实并无二致，他们似乎就是同一个人，但是在女配角小菊这里，叙述者与作者完全分开了，这么做提供了一个更理性的、更有抽离感的视角，只有在这样的叙述视角里面，女主角裘洛的"离家出走"才不至于变成一个单一的小资产阶级女性自救的故事，同时也是小资产阶级如何与农民工阶级进行互动和同时成长的故事。

在女主角裘洛离家出走之后，她平时看不起的小菊代替了她成为空房间的主人。她不仅帮助女主角裘洛打扫房间，喂养小猫，更重要的是，她成了男主角井宇倾诉的对象，井宇的每一封信现在都必须通过小菊的阅读而获得意义。意义通过一个替代的"主体"得到了释放。在这样的情况下，配角难道不就在慢慢变成主角吗？更重要的是，在裘洛的叙述让位给小菊的叙述之后，小菊的形象明显变得丰富和开阔起来，她生机勃勃，周旋在丈夫和中介人之间，在不同的空间之中挪移，并在阅读井宇的来信中开始思考自由、爱情等小资产阶级才可能纠缠的问题。通过小菊，裘洛获得了"在场感"，她离开不过是为了让另外一个主体粉墨登场，主体的置换在这里似乎获得了可能，小菊最后几乎忘记了这个房间的主人是裘洛而不是她：

她快活地迷失了，觉得自己好像不是在一个陌生的房间里等自己的男人，而是在自己的家里期待着一个陌生的男人按响门铃。

　　作为小资产阶级的女主角裘洛发现了生活的虚无之后，她面临两种选择，一是依靠个人奋斗成为一个更中产、更虚荣的主体；一个是离家出走，让另外一个主体来代替她，以此获得"新"的生活。她放弃了前者而选择了后者，但这种置换是否就是一种完美的出路呢？而且谁能够预料到，当小菊成为那个空房间的主人后，她不会面临裘洛同样的困境呢？离开这样一个小小的"家"，是否就能够挣脱资本主义的生产链条，完成个人真正彻底的自由解放呢？

　　这里面的"进"/"出"值得探究。对于裘洛来说，她"出去"意味着她离开小资产阶级的情境，对于小菊来说，她"进去"意味着她有可能从一个农民工的身份意识慢慢转化为小资产阶级的身份意识。如果将这种"进"/"出"理解为一种交换的隐喻，我们是不是会得出一个非常悲哀的结论：资本主义正是通过这种不停的交换来获得其社会生产关系的复制和增殖。在这个意义上，小菊是无比庞大的小资产阶级的后备军中的一员。资本主义设置了一个情境——这个情境就是裘洛的家和老霍的家这样的社会空间——所有的人都不得不生活在这个情境以及作为这个情境的配置情境中。

小菊进入裘洛的家也许不仅仅是充当一个"替换者"的角色，同时她也是一个"象征"的角色，也就是说，一旦某个主体因为各种原因离开这个情境，小菊作为一个象征物就被召唤进来行使其功能。也就是说，小资产阶级在自我教育的同时也在教育他人，不过，这一他者（小菊）通过"受教育"又变成了一个小资产阶级。然后她又需要自我教育，然后再去实施教育，如此下去，这岂不就是一种如尼采所言的永恒的"轮回"。

孙郁先生在《抵抗没有历史的历史》①一文中提及了这种中国现代史以来就一直困扰知识者的轮回，在回答一个学生提问怎么破除这种轮回的时候，孙郁是这么回答的：我不知道怎么破除这种轮回，我觉得知识者的任务，也许是尽可能地做好自己的工作，呈现更多的真实的历史。他这种回答让人联想到胡适的《多研究些问题，少谈些主义》，而一个80后的网友

① 孙郁：《抵抗没有历史的历史》，《今天》2013年冬季号，总第103期。

则提出了另外的疑问，她说：我们应该追问，新工人在哪里？或者说，新人在哪里？

也许这就是小菊这个人物的出现所展示出的想象的裂隙，从资本的逻辑上看她固然承担了"代替"和"交换"的功能，但是在另外一个意义上，她的出身、阶级属性、她与城市之间的不协调暗示了另外的一种可能：她固然可能会是小资产阶级的后备军，但也有可能会冲破这种软弱、妥协的属性，成为具有新的反抗意识和历史意识的"新人"。只有在这个层面上，我们才可以说，小资产阶级的自我教育和他者教育才告完成，并在克服"无可奈何"的轮回的基础上形成新的主体。

80后的作家们并没有清醒地意识到这一点，在《家》这部小说的结尾有一种含混的表达：

> 新洗好的床单上，有洗衣粉留下的柠檬味清香，小菊将它展开，铺平，像面对一种崭新生活那样虔诚。

一种"崭新生活"是什么样的生活？如果这个"崭新"生活不过是小资产阶级生活的翻版，这不但不是新生活，简直就是"旧"得不能再"旧"的生活。从这一生活中逃离，抵抗没有历史的历史，重新面对这个庞大而残酷的社会和世界，我们——肖凌、夏慧、温小暖、小菊、富士康的员工——所有此时此刻生活在历史现场的我们，应该怎么办？

六、怎么办?

1

我越来越意识到,我们这一代人正生活在巨大的"幻象"之中。在对物质无穷尽的占有和消费之中,在对体制不痛不痒的调情中,我们回避了最根本性的问题,我们是谁?我们属于哪个阶级?我们应该处在世界史的哪一个链条上?我们应该如何通过自我历史的叙述来完成自觉的、真实的抵抗,抵抗个体的失败同时也抵抗社会的失败?

"我们是谁"这个问题在80后这里不是一个普遍的哲学问题,而更是历史问题,它意味着,80后必须从头检视自我的历史,从起源开始追问。这个起源在我看来，一个是生理的事实，一个是历史的事实。生理的事实是，对于绝大部分80后来说，他们的父母都属于两个阶级：工人阶级和农民阶级。这个在十年前也许不需要强调的问题，在今天需要特别严肃地提出来，因为经过30年市场资本主义的发展，一个隐秘同时又庞大的阶层已经在中国诞生，那就是权贵阶层，这个阶层凭借其垄断地位积累了巨大的政治资本和经济资本。与80后的成长同时展开的，就是这样一个权贵阶层在中国发展成形的历史过程，与此相伴随的，是工人阶级和农民阶级在整个社会秩序、道德秩序、美学秩序中的全部降格。在70年代，我们或许会为自己是一个工人的儿子而自豪，在80年代联产承包责任制刚开始实行的时候，我们还会高唱"在那希望的田野上"。但是到了2000年，全中国最流行的娱乐节目就是对农民和工人这些普通劳动者的嘲笑。正是在这样的对照中，80后将不得不面对一个事实，我们从一出生就丧失了全部的优先权。也就是说，从起源开始，80后就不是在获得，而是在失去——**"我们得到的只是锁链，失去的是全部世界"**。

但似乎有另外一种可能展示在我们面前，那就是通过接受高等教育，在社会上谋得一份有保障的职业，以此来完成身份的另外一种转化。义务教育的普遍实行和1999年开始的高等教育（包括本科教育和研究生教育）大扩招似乎提供了这种希望。我于1999年"受惠于"高等教育的扩招进入一所本科大学学习，2004年又"受惠于"研究生的扩招而获得研究生的学习资历。至少在1999年我进入大学的时候，我与我周围那些朴素的同学一起松了口气，我们为自己摆脱了那些已经完全处于社会最底层的阶级而感到幸运。但也正是从那个时候开始，80后进入了一个最尴尬的历史境地——至少从现在看来是这样的，因为从那时开始，我们变成了四不像，变成了一个悬浮的阶级：农村里面没有我们的田地，工厂里没有我们的车间，权贵资本家只能出现在地摊励志小说和灰姑娘的童话故事中。我更想强调的是，对于中国的80后来说，其实并没有童话，我们的童话是《世界上最伟大的推销员》——在2012年北京开往南京的高铁上，我依然看到一个和我年龄仿佛的青年在认真阅读这本书——它实际上不过是告诉你怎样做一个资本的螺丝钉。

2

　　如果非要为80后的阶级属性作一个界定，似乎没有比"小资产阶级"更合适的了。在每一个80后的心中，都有一个小资产阶级之梦——是的，小资产阶级之梦——至少在2009年以前，这个梦还不能说是白日梦，因为它是我们真实的理想和追求。这个小资产阶级的梦有些含糊，但以下内容是明确的：独立、自由、尊严的生活，这种生活，建立在物质生活和精神生活的双重保障之中。它看起来不过是基本的人性诉求，但是，在中国90年代以来的语境中，它代表了一种终极的乌托邦式的存在。有时候，这种小资产阶级之梦以一种夸张和变形的方式得到发泄和阅读，我还记得在2000年的冬天，我在安徽小城的一个书店里看到卫慧的《上海宝贝》，我站在书架前一气将其读完，并激动地觉得这就是一个大城市的小资产阶级的生活方式，自由而叛逆，带着种种青春期的冒险。为了让自己的趣味更加接近这种气质，我甚至将《上海宝贝》里面提到的数量众多的西方著作的篇目都抄了下来，准备将它们全部通读一遍，以作为自己"小资产阶级"趣味入门丛书。具体有哪些著作现在我已经记不太清楚了，但有两本书我印象深刻，亨利·米勒的《南回归线》和《北回归线》，但尴尬的是，在我所在的那个小城里这些书一本都找不到。于是，在寒假期间，我专门去了一趟南京的新华书店，在那里，我如获至宝地找到了两本封面花里胡哨的"南、北回归线"，并以极快的速度完成了对它们的阅读——遗憾的是，这种阅读感觉味同嚼蜡。我至今都不太了解亨利·米勒在西方文学史中的地位，但是毫无疑问，在2000年的那一次阅读中，它对我来说是完全无效的。但是我并没有由此怀疑到卫慧所营造的那样一种趣味，反而是对自己产生了怀疑，并在这种怀疑中进一步强化自己的小资产阶级意识。

我在那个时候以为，小资产阶级的生活是通向更广阔的世界的入口。即使在2004年进入人民大学读研究生以后，我依然津津乐道于自己读过亨利·米勒，当然，我完全隐瞒了自己对这位作家毫无感觉的事实。与此同时，杜拉斯的小说，大卫·林奇的电影，尤其是他的《穆赫兰道》，更成了我以及我身边朋友信奉的艺术经典。这种情况在2009年有所变化：2009年春节前后，我非常巧合地同时观看了电影《刘三姐》和《本杰明·巴顿奇事》（又名《返老还童》），前者是中国拍摄于60年代初的革命歌舞片，后者是2008年好莱坞商业大片，从某种意义上说，这是两部风格、意识形态完全迥异的文化读本。但奇怪的是，它们同时深深地触动了我，我毫不惊讶《本杰明·巴顿奇事》会给我带来感动，因为我的朋友、相关的资讯以及我个人的遭遇已经事先"规定"了这种审美上的共鸣。当我看到本杰明与伊丽莎白于旅途中邂逅，每晚穿着纯棉睡衣相会在壁炉边，在咖啡、伏特加和鱼子酱的伴随中交换暧昧眼神的时候，当我看到那句"晚安，本杰明；晚安，黛西"在电影中反复出现的时候，我觉得布拉德·皮特确实是一个高明的导演，他抓住了我们这个时代的审美症候，因为个人在近乎童话般的爱情幻想中，悄然完成了一种温顺的中产阶级趣味的消费。这种消费不具有任何悲剧的净化作用和意识形态上的尖锐性，人与世界的关系是宿命的，是不可改变的时间性："有些人在河边出生长大，有些人被闪电击中，有些人对音乐有非凡天赋，有些人是艺术家，有些人游泳，有些人懂得纽扣，有些人懂得莎士比亚，有些人是母亲，有些人能够跳舞。"人成为一种功能而丧失了其"整体性"，或者说，因为无法对外在世界进行实质性的干预，他们不得不转入对自我经验的陶醉甚至是崇拜之中，而这又反过来加深了自我和世界之间的疏离。也是在这个意义上，我一直认为以卡夫卡为代表的西方现代派文学加快了资本文化秩序的建立和完成，因为在卡夫卡的小说中，即使个体的经验和历史已经被异化到"非人"的地步（如《变形记》），但是他依然陶醉在某种寻找审判（如《城堡》）和饥饿的表演中（如《饥饿艺术家》），并最终为了维护秩序的完整性和神圣性而不惜把个体送上绞刑架（《在流放地》）。如果说在卡夫卡的小说中还依稀能读到某种反讽的东西，在《本杰明·巴顿奇事》中，一切都已经变得温情脉脉，对现代时间的人为逆转不过是造成了一个畸形儿，而这个畸形儿则在环游世界的过程中（资本主义全球化的一种隐喻？）变成了一个穿着Levi's高级牛仔裤的美男子，最后，他丧失一切记忆（个人的历史性），死在一个代表好莱坞梦的女人怀中。

我在这里面看到了某种软弱和绝望的东西，这种情绪非常模糊但又十分强烈，个人与世界的疏离固然强化了个人孤独英雄的自我想象，但同时也强化了对自我和世界的厌倦和憎恶，在某种有教养的、温情的、私密的趣味中，我们进一步强化自我作为一种生命体的孤独感，在拒绝更新自我的同时也无法更新历史。我正是在这种互文意义上来理解观看《刘三姐》时的激动和兴奋。我发现，在《刘三姐》中，个体（刘三姐）的命运始终与一个群体密切相关（艺术形式上以规模不一的群众合唱队为代表），刘三姐在每一次演唱中都以无数的群众作为背景，并随时隐入这些群众中去。或许正是这种统一性而不是同一性使得刘三姐具有了改造这个世界的信心："莫讲穷，山歌能把海填平，上天能赶乌云走，下地能催五谷生。"另外一个让我深深感动的场面是采茶欢歌，在漫山遍野的茶树中，一群姑娘一边唱歌一边采茶，我在此看到了某种未被资本化的劳动美学，人在这种自由的劳动中成为了劳动的主体而不是客体，人与劳动之间是一种审美的关系而不是一种利益的关系，并且，为了保持这种关系，刘三姐们选择了坚决的反抗和斗争。如果用现代的审美标准来看，《刘三姐》毫无疑问是粗糙的，没有教养的，带有暴力倾向的美学文本，但是，这难道不正是一个拥有生命力的主体的表征吗？或者说，恰好是这种粗糙的不精致的美学在同质的文化秩序中撕开了一道口子，让我们意识到历史和美学其实还有另外一种选择？

但让我犹疑的是，这也许仅仅是一种文化上的可能罢了。实际上我对《刘三姐》的"好奇"恰好说明了它在我们当下历史中的缺席，也许我对《刘三姐》的解读带有某种夸大的成分，在我个人趣味被严重小资产阶级化的情况下，我试图找到一种"奇观"来补充我的文化想象，但是因为缺乏实践上的支持，这种补充或许只是进一步强化了我对当下文化的认同。这正是我感到困惑的地方，如果对于文化的可能性的选择最终都无法摆脱资本主义普世化的趋势，或许果真如竹内好所断言的，我的这种抵抗不过是被"预先"设定的，我越是抵抗，却不过越是强化资本主义的文化秩序，"东洋越抵抗就越将欧洲化的宿命。东洋的抵抗不过是使世界史更加完整的要素而已……"①

3

从本质上说，"小资产阶级意识"的出现是90年代的意识形态反复生产的后果：政治经济上的新自由主义，历史观念上的虚无主义和个人道德行为上的存在主义。这一意识形态的广泛传播和深入人心构成了著名的撒切尔夫人所言的"你别无选择"（There is no alternative）的历史情境。这一历史情境携带着冷战终结后资本主义傲慢的自我期许，用更准确的话来

---

① 【日】竹内好著，李冬木、赵京华、孙歌译：《何谓近代——以日本与中国为例》，收入《近代的超克》，北京三联书店2005年版。

表达就是："利润是人们之间唯一可能的社会关系，市场则是民主的唯一保证（丹尼尔·辛格）"。但是历史并非总是铁板一块，我在2009年审美的位移其实也从一个极小的侧面证明了历史总是有其裂隙——虽然这些裂隙总在不经意间被我们轻易放走——这一裂隙在90年代以来的中国历史中至少出现了两次，第一次是1997年的亚洲金融危机，第二次是2008年开始蔓延的世界性的金融危机。在汪晖先生看来，金融危机并非是简单的过度投机和缺乏监管的技术性问题，而是资本主义内在的矛盾，是资本主义在自我循环过程中不断重复出现的一种历史性结构。[①] 恰好是这样一种反复出现并延续至目前这一刻的危机——2013年6月22日，中国A股跌至1900点，6月26日，整个中国银行业出现历史上最严重的流动性资本紧张——我们感到了一种历史性的恐惧。因为我们不知道这无休止的资本会将我们带往何处？是乌托邦还是鸟托邦？是恐龙还是凤凰？但是，可以明确的是，90年代的意识形态终结了！

　　——用汪晖的话来说就是，新自由主义绝对支配地位衰落了！

　　[①]　汪晖：《"九十年代"的终结》，《热风学术》第四辑，上海人民出版社2010年8月版。

——而在我看来就是，小资产阶级的阶级意识苏醒了！

由此我们可以知道，即使在"宿命"的意义上，80后的小资产阶级之梦也不过是全球化资本秩序加之于我们的一种规划和想象。它让我想起卡尔维诺的经典作品《看不见的城市》，男人们追逐梦中的女性，最后没有得到，只好建造一座和梦中一样的城市，卡尔维诺说如此女人塑造了男人。小资产阶级之梦就是那个女人，最后，我们并不能得到它，它变成了一个巨大的意识形态的幻象，我们身在其中而不自知。这种幻象甚至治愈了我们的失败感，它给现实蒙上了一层温情脉脉的面纱，我们以为一切似乎都应该如此，忘记了起源同时也切断了未来，80后由此变成了悬浮的一代，上不接天，下不接地，在历史的真空中羽毛一样轻飘。

小资产阶级是80后最后的救命稻草，意识形态的规划似乎也在暗示这一点，各种奋斗、学习、发展的概念都依托于小资产阶级之梦的最后实现。我的一个朋友曾这么向我描述，他最大的理想是，在一个周末的傍晚，他开车带着自己的妻子，后座上坐着自己的孩子，在一顿丰盛的晚餐后去看一场文艺电影。但现实情况是，这个梦的兑现被一再延宕，最后这个梦以残酷的形式刺破了80后虚假的当下生活。实际情况是，在当下日益板结化的社会结构中根本就找不到出路——它唯一的现实出路也许是赤贫化，成为新的城市无产阶级。中国的先锋派作家格非在其出版不久的中篇小说《隐身衣》里，描写的正是这样一个小资产阶级变为城市无产阶级的过程，虽然小说最后的结局并非那么让人沮丧：男主角又暂时获得了爱情和房子。但现实生活却不可能有这么"光明"的尾巴，现实是，在世界资本和特权阶层的双重压迫之下，中国的小资产阶级只有失败的道路可以选择。

这一失败之途似乎是预定的，充满了世界史的宿命味道。它超越了简单的代际划分，中国的50后、60后、70后、90后难道不是面临同样的问题吗？这种现实迫使我们重返19世纪的一些重要的命题，其中最重要的一点是，它回到了中国现代的逻辑起点：我们面对着两个庞然大物，一个是全球化的资本剥削体系，一个是日益僵化的特权阶层。这就是80后所处的世界史的位置，这个位置不是"独享"的，也无法简单地拒绝或者认领，这个位置，需要有一种自觉的意识、结实的主体去予以激活和对接。我的一个学生在一家大金融公司实习一个月以后给我发来短信："我终于体验到了从小资产阶级梦中惊醒的感觉了。"

从小资阶级梦中惊醒后怎么办?

历史依然暧昧、含糊、混沌不分。腐败的语言和千篇一律的生活还在不停地重复。自觉的意识和结实的主体如何才能在这一片历史的废墟里面生长起来?

我想强调的一点是,无论任何代际、任何地区,逃离社会历史都只能是一种自欺欺人。个体的失败感、历史虚无主义和装腔作势的表演都不能成为逃离的借口或者工具。从小资产阶级的白日梦中醒来,超越一己的失败感,重新回到历史的现场,不仅仅是讲述和写作,同时也要把讲述和写作转化为一种现实的社会实践。

唯其如此,80后才有可能厘清自己的阶级,矫正自己的历史位置,在无路之处找出一条路来。

我希望我们可以找到那条路。

2012年10月29日于北京寓所

2013年1月1日再改

2014年1月14日补充

2015年2月定稿

附记一

　　本文动笔于2011年2月，第一、二、三部分完成于2011年年底，很多的想法、表述都基于我个人的经验并带有其时其地的偏见。需要说明的是本文的第三部分"抵抗的假面"，我一直将"韩寒"视作一个文化符号而非独立的个体，因此在文章写作的一开始我就在"韩寒"两字上打上"双引号"以示强调。2012年春，对"韩寒"身份和写作的质疑成为最重要的文化事件之一，我对此非常关注，对论辩双方的材料多有涉猎，此事件坚定了我对"韩寒"作为一个"符号化"存在的认知，另一方面，也让我感慨中国当下文化（文学）生成的诡异纠葛。此部分的一些表述，如"韩寒的勇气""我对其抱有更多的期望"之类云云，如今看来真是过于天真幼稚，历史的黑箱一旦戳破，里面原来是嗜血般的阴森可怖。但我愿意将这些表述和判断留存，批评的勇气在于：你要戳穿别人的假面，必先将自己的真脸示人！

2013年1月1日三稿附记

附记二

为什么写这个文章，和我个人经验密切相关。当时我租住在人大西门外的小南庄，放寒假了，我收拾好行李准备回家过年，刚出门就碰到房东老太太，我很热情地跟她打了个招呼，说明年回来还住这里。结果老太太说很抱歉你不能再住在这里，我这个地方不再租给你们，这样散租我赚不了钱，我要租给中介公司，你赶紧去找另外一个地方住。当时心情变得非常沮丧，因为要回家，再租房子也来不及，我在火车上不停地打电话联系中介公司租下一学期的房子。同时也想到我这个情况可能不是最糟糕的，可能有很多同代人都在经历我这样的故事，当时我就在想难道是我们出了什么问题，是我自己不够努力？个人奋斗不够？一系列的问题都涌上了心头。寒假在家里做两件事，一件事是继续租房子，另一件事是开始写这个文章，前面三个部分基本都是在这时候写完的，当时的认知还很感性，就是想把我的经验交流出来，看看能不能引起共鸣。文章写完就压在那里，没有想着要发表，觉得这个是不是有些矫情，别人很容易质疑我，你是博士，又在人民大学教书，至于惨到这个程度吗？前几天听说新东方的一位老师打电话问我的一个朋友，说杨庆祥写的是不是真的。其实真实性不容置疑，后来我还去看过紫金庄园下面的地下室，比我想象的还恶劣，阴暗潮湿，安全设施简陋，但是有大批的人就栖身于此，官方统计有16万人住在此类地下室，而媒体的统计数据是100万。

文章最后为什么发表了，也是机缘巧合。2013年暑假和几位编辑、老师聊天，董秀玉老师说80后不知道有没有什么想法，我说我写了一篇文章叫《80后，怎么办？》，她很感兴趣，说发给她看看。看了以后他们觉得挺有意思的，可能不太了解我们这一代人，就说可不可以做一个讨论。这个文章首先给了《天涯》杂志，但是《天涯》顾虑比较多，反复开会讨论，说文章要么不发，要么就必须修改。后来《天涯》还是发了，但题目改了，叫作《我们可以找到那条路》，很励志，里面一些比较敏感的词语也作了相关处理。

后来北岛先生看到文章觉得很重要，说《今天》可以发。我还是那种心态，也许会引起一些讨论，也许没有什么事，就像发篇论文一样。发表后的反响有点超出我的想象，《今天》编辑部收到了很多的反馈，有一个不认识的人在我的微博上留言，说一个论坛上有很多的讨论，你去看一下。那个论坛里骂我的，支持我的，什么都有，骂得很厉害，说你凭什么代表80后；还有人说你毕业三年就是副教授了还在这里矫情；还有一个观点比较有代表性，既然北京生活那么苦为什么要赖在北京，回到二线或者三线城市不是好得很吗？当然也有很多客观的分析和评价，认为我的文章指出了一些重要的社会现实问题，对于反思80后这一代人有重要的意义。能够引起讨论，就是我写这篇文章的初衷，我个人的态度不是很重要，重要的是这里所包含的信息。

现在我谈几个具体问题，首先是80后的分层，这个文章一开始亮出我的租房经历其实已经暗示了这个80后是有特指的，不是笼统年龄上的概念。我为什么要首先谈个人失败的实感，因为讨论80后必须从经济基础开始，同时还有阶级起源，在这样的前提下有些80后已经被排斥出去了，事先已经被筛选过了，比如富二代和特权阶层的后代也是80后，但肯定不在这个行列之内。我文章中的80后是指经济基础一般，工人、农民或者小知识分子家庭出身的。

80后的历史起源还要关注外部环境，不同的80后肯定对这个社会有不同的理解，80后的农民工有1亿人，所以我将要补充一章叫"沉默的复数"，我正好在广东东莞有两个月近乎农民工的生活，我的阶级意识就是在那时候萌发的。我在人大读硕士时开始意识到自己的阶级身份，当时我的第一反应是我本来就应该是个农民工，应该同我的很多同龄人一样到工地上搬砖，戴着安全帽，被工头呼来唤去，拿饭盒打二两饭，吃不饱。同时一个很直接的思考是东莞高速的市场资本运作会不会催生新一代工人阶级的主体意识，农民工会不会有新的自我主体，我还特意设计了一个叫作"东莞普通工人精神生活调查"的调查问卷，做了一些社会调查之类的工作。这些经验和工作都将在我的文中得到体现。

我非常关注历史虚无主义，对于整个80后的批判主要集中在这个地方，黄平讲到周星驰难道不是历史吗？这是非常有意思的问题，也是非常有力量的回应，我的文章批判立足点恰恰就在这里。80后过于把自己的历史寄托在周星驰或者是王小波式的戏谑层面，当所有人都沉迷在王小波、周星驰这种历史想象和历史表达的时候就不可能有新的历史想象的可能性产生，这是我特别要批判"油滑主义"的原因，当然它相对以前是进步，但现在成了枷锁。当代的历史虚无主义经过了长期的规划，不是80后自己要求自己虚无的，而是整个资本意识形态运作的结果，80后不思考历史他们觉得很高兴，觉得很好，这是一个规划。某种意义上讲20年我们不谈意识形态是有问题的，我们不谈意识形态的时候他们谈意识形态，所以所有人做的梦都是中产阶级和美国梦，都认为那个梦是无懈可击和完美无缺的，实际上不是这样，现在我们已经意识到这个梦有致命的缺陷或者空虚的东西。

从小资阶级上升到中产阶级，中国人的中产阶级之梦到底是真实的还是虚假的，我个人觉得是伪中产阶级之梦。这个文章讨论的问题并不是重新回到过去的时代，而是试图重新唤起80后参与历史和社会的意识，怎么参与是下一步要做的事情。

2013年11月27日在"80后，怎么办？"专题研讨会上的发言

80后，面对面

一、我们这一代没有真正的青春

采访对象：W，女，1987 年生，博士候选人，有留学经历。

时间：2014 年 4 月 11 日

地点：北京当代商城咖啡馆

1

杨：先谈谈你的家庭出身之类的吧，不仅是父母辈，可以谈得更远些。

W：我们家是 N 世同堂。从远了说吧，我最年长的亲人是太姥姥，按我们那边方言，我称呼她"太太"。她是民国最早一批上女子师范的人，是知府孙女。祖宅有江左名园"日涉园"，取自陶潜名句"园日涉以成趣"。现在无锡有一个锡惠公园，曾是祖上宅邸的一部分。这是我妈妈那边儿的。

杨：属于士绅阶层。

W：算是旧文人阶层。我太姥姥活到了整一百岁，终身念佛、吃斋。"文革"的时候她把家里的所有财产全埋到了化工厂地下，"文革"一结束，挖出古董宝贝后，她就不承认是自己家的了，所有那些财产全部归公了。她那一代女性也挺神的，还颇为女权，我太姥姥生了好几个孩子（有逃到台湾的，也有早早去了美国的），但这些孩子她都没有自己带过，她对时局和人与人之间的关系似乎有特别透彻甚至冷漠的认识。家里那个时候有裁缝，有奶妈，有梳头的人，孩子一生完就扔到奶妈那儿去了。

杨：所以现在很多中产阶级的观念是有问题的，比如说孩子应该要父母陪伴。其实孩子的教育应该是由很多人共同完成的。

W：对！过去孩子是有多层教育和多重榜样的，妈妈是一个慈爱威严的大母性形象，奶妈则是可依赖的母性形象，此外还有先生老师……所以在孩子的生命里，世界是复杂化的。不像现在的小孩，我身边很多80后朋友都已结婚生子了，成天围着孩子转，变成了奶爸奶妈了。这种情况下，小孩的世界里只有爸爸妈妈两个人在为这个世界立法。

杨：其实这是培养另外一种自私。

W：没错。继续说家庭。我一直和爷爷奶奶一起生活，毫无代沟，至今还在啃老。爸爸年轻时是一个京剧小生，在当地有点名头。我妈那时候拉一手好二胡，两个人在舞台上相恋。还是很浪漫的。但是艺术道路都没走下去，都夭折了。我爸爸后来做生意，很短的时间里就成了第一批"万元户"。我妈妈则是生了我以后再没碰过二胡。我很多年都无法理解她的这个转变和她对待艺术的感情，直到入世渐深，才慢慢咂摸出一点其中无奈又深沉的况味。现在他们俩都在政府工作。

杨：那你觉得，这样的家庭血统对你现在对世界的看法有什么影响呢？我觉得出身对人的影响应该是蛮大的。

W：血统的影响对每个人都是真实存在的。上大学后有一年暑假，爷爷让我用毛笔誊写家谱。记得当时每抄录一个名字，都心存无比的敬畏和亲切。我们每个人都是自己祖先的合集，世代祖先在我们身上一遍遍重活。我们家很注重祭祀，此外非常敬老。我爷爷奶奶身体非常棒，现在还能下胯劈叉。我也算是泡在中医和道家养生的家学里长大，对世界的认识也由此不同。

杨：那你小学、初中、高中的教育都是在哪里完成的？记忆深刻之处在于？

W：小学、初中、高中都是在江苏如东。基本是噩梦般的教育。

杨：为什么？

W：可能我说得太偏激了，但感觉就是个小型极权社会。其实我特别烦上学，虽说我已经念到博士了。我从幼儿园开始就特别烦上学，极其讨厌教育制度的规训。

杨：但是你成绩一直很好。

W：教育环境里充满歧视和不公正，成绩好不能代表什么。

杨：这就很奇怪。一方面你非常反感，但另一方面你又非常配合这个制度。

W：算是内在的反叛吧。我爸也特烦学校教育。幼儿园期间我基本上没在学校待过完整的一天。上午上会儿课，中午我爸就偷偷把我从学校运出去了。我们一起逛街上的影剧院、录像厅。除了成人片，多高级的多无聊的，我们什么都看。80年代末上映过的所有电影和绝大部分录像我都看过，那真是人生最美好的一段时间。在录像厅里，老爸会像对待小哥儿们般给我递根儿烟。他在一旁吸烟卷，我也装模作样地叼在嘴里，直到烟头快烫到嘴了才吐掉。

现在想想，我"动物凶猛"的游荡期来得真早，还是跟着老爸混的。后来上小学，美好终结了。

杨：你是哪一年参加高考的？

W：2003年高考。

杨：2003年参加高考的？2003年我大学毕业。那个时候其实已经开始扩招了。

W：扩招对我们那个地区其实没有太大影响。江苏人高考是跟自己人PK。话说"全国教育看江苏，江苏教育看南通，南通教育看如东"。其实是教育致贫啊。为什么呢？就是一个地区教育太好了，高素质人才就都流出了。人才流出还不要紧，关键是人才流出后，家长的资金也全部被带出去了（笑）。上大学后，我们中学校长曾想邀请我回去给母校的学弟学妹做个演讲，谈自己的中学学习生活。我报了个题目，校长听后就不让我讲了——"中学是我人生中最美好的噩梦"。首先它一定是一个噩梦。国家1993年就开始实施双休日政策了，可是中学六年时间，我们学校从来没有放过一个完整周末。周六下午放假半天，次日是全年级排名的"周试"，半天假期仅仅意味着学习地点的转移。六年的时间，除了主课以外，没有劳动课，没有美术课，没有体育课，没有活动课。课表永远都是语文语文、数学数学、英语英语这样两节连排。睡眠永远不足。下课是最安静的时刻。全班没有人出去玩，全都趴倒在课桌上，小猪似的呼呼睡觉。我毕业后回过学校一次，正好是课间，隔着大排窗看到一班歪倒睡觉的小猪，真觉得那是一幅太残酷的图景。**小学的时候则更夸张，罚站，罚跑操场，打耳光，往脸上吐口水，蹲垃圾筒，这些都是太常见的事儿。尊严和自由是什么？人性黑洞的底线在哪里？面对歧视和不公，为什么总是全体的沉默？这些问题都提前到来了。**

杨：有时候还挑灯夜战，自己还加班。我们那时候跟你们差不多，但可能比你们要轻松一点，一个星期可能会休一天，星期天会休息。

W：有的地区是军事化管理。我们更加像监狱化的管理。

杨：这个对你人生会有很大的负面影响啊？

W：有影响。我后来一直特别关注人类的集体无意识，从战争状态到奥斯维辛，从全村皆贼的案例到海天盛筵的荒诞剧。我过去上的学等于蹲过监狱，一方面是极端限制，另一方面也开启了我对黑暗的打井式的思考。**我完全可以体会到，在一定的封闭范畴内，只要有强权和多数人的附和，任何荒谬都能成为**

合理。

杨：那你怎么叛逆？

W：我能做的很少，也无非是在家长怂恿下装装病、赖赖作业。

杨：那你这个叛逆是在安全的范围内进行的。

W：有效的叛逆行为其实没有，只有自己内心的痛苦和软弱的反对。我算是个比较坚强的女孩，中学六年唯一一次当着同学的面流泪，是因为校园里最古老的一棵大树被砍倒了。那棵树得五六个人才能抱拢，每天黄昏上百只归巢的鸟儿像片黑袈裟似的裹进树冠。可学校却把它砍倒了，围起来建了个绿化带，竖起一块省重点高中的钢牌子。后来又在绿化带种了棵小杉树。没多久，省里面要来领导视察，正值冬季，杉树都是枯色。我们学校领导于是命令：用绿色的油漆把杉树刷绿。面对这么一棵刷了绿漆的杉树，我只有使劲儿写日记嘲讽。

杨：我高中时候的叛逆相对比较直接，我经常性旷课，甚至一个星期都不去上课，然后跑到很远的地方去玩，学校经常会勒令我退学，然后家人就会找各种关系再去央求学校网开一面。另外我会经常寻衅滋事，打架斗殴，就是男生的那种叛逆。我觉得我当时也是对整个的教育环境不适应。

W：非常绝望？

杨：倒是没有绝望，就是觉得非常无趣，就是我要找好玩的事情。

W：当时的教育环境是非理性的。

杨：对。我就非常喜欢找好玩的事情，经常拉一帮人抽烟喝酒、旷课，男孩子嘛。

W：我一直觉得学生时代唱反调的小痞子们，反倒是反奴性的清醒的人。

杨：但是后来我在高三的时候就突然强烈地意识到，**我要参加高考，要改变命运**。知识改变命运，我不知道为什么这种情绪如此强烈，出身农村的人可能这种感觉强烈一些。

W：我们那儿也差不多。上升路径是独木桥。成功的概念是那么单一。只有进入名牌高校才是正道，毕业以后只有当官才是正道。

杨：现在还这样吗？

W：似乎没什么改观。

杨：那现在我们那儿可能就不这样了。现在我们那儿的人就觉得你挣很多钱，那是成功的标志。当然官本位还是会有，但我觉得大家的成功的观念可能在慢慢地转移，更注重实惠的东西。

W：嗯。

杨：高中完了就是高考。那你有没有早恋的这种经历啊？

W：没有啊。**升学率背后的代价是青春的荒芜。**

杨：没有别的什么理想主义的教育，或者有什么理想？

W：家庭中倒是有爱的教育。

杨：那时候你有没有将来特别想从事的职业啊什么的？

W：有啊。说来有点搞笑。小时候想当尼姑。我中学同学至今津津乐道我那时候成天要青灯古佛什么的。不过心里也是偷偷做过作家梦。

杨：唉，我那个时候倒没想当作家。我高中时有很强烈的理想主义情绪，那时候觉得我要做一个法官。

W：哦，你想为世界立法？

杨：**当时对身边的好些不公平的现象，我是充满了愤怒的，所以觉得要做一个法官。当时我以为法官是一个公正秩序的象征，能够除暴安良，锄强扶弱之类的感觉。**所以我当时就特别想考什么中国政法大学啊，西南政法大学之类的。

W：说到这个，我好像也有过几段特别愤怒的时期，**但我更大的愤怒是针对女性在社会上的弱势，似**

乎从小就有很强烈的性别意识。

杨：哦，那这个非常不容易。

W：我上学时热爱的两位美丽的女老师，都因为所谓的"作风问题"，分别被迫辞职和受到严重排挤。因为这个，我对这两所学校至今心怀恶感。高考结束后，我终于可以和那位备受非议的年轻女老师同坐在一间屋里沉默着叹气，那时候我意识到，原因根本不在于什么"作风问题"，在一个疯狂的环境里，一点点理智和情感都是要受到严惩的！

2

杨：**其实当时的社会教育对我们这一代人来说是非常缺失的。**比如说你的教育可能主要就来自你的父母，还有就是学校，而应该还有很大的一块社会教育。比如你参加一些社会活动，然后通过这些活动获得一些教育。

W：那时社会只存在于虚幻想象中。我太沉迷古代武侠片了，还以为出门儿真是个绿林好汉的社会呢。

杨：像我这种叛逆的小痞子，可能冲到外面跟社会接触后，在那个里面受到了很多教育，但同时也养成了很多恶习。

W：待在监狱里的人更可怕，就像电影《朗读者》里面那个女主人公在里头蹲了几十年，刑满释放的那天吊脖子自杀了。

杨：她不愿意走是吧？

W：她已经无法迈出这个环境了。说起来挺诡异的，我当时都觉得大部分老师是没有私生活的，现在回想起来觉得挺可怕。老师们每天从早上六点钟到晚上十点钟就围着这群学生的成绩在转。

杨：所以我高中时期的职业理想里面，有一个是首先排除的，就是中学老师。我觉得中学老师完全没有自我。

W：嗯，特定环境中的监狱长（当然，大城市里面情况肯定不一样）。囚犯跟监狱长是先天搭对的，但他们身上的那种桎梏是共生的，互相绑架。

杨：对，我觉得他们就是特别的单调，乏味，缺乏个性，这是非常糟糕的处境。

杨："非典"是发生在2003年吧？

W：2003年上半年。

杨：对你有什么影响？

W：没有太多感觉。

杨：因为本来就是监狱一样的生活。

W：即便到了世界末日那一天，所有人的状态都还是在那儿努力工作。

杨：非典可能对北京这些城市冲击大一点。我当时在安徽淮北，感觉也没什么事儿，没什么冲击，没什么影响。**选择权永远是那些身居上层的人才有的，他有船票啊之类的，普通人根本没有船票，所以世界末日跟他也没关系**。末日到来也要站好最后一班岗。后来就是考上大学了吧？

W：是啊。

杨：你当时选的是？

W：我是外交系的本科。

杨：为什么当时选外交系啊？

W：虚妄吧。

杨：觉得外交就可以了解这个世界是吧？

W：当时觉得外交多牛啊！被这个名字给欺骗了。

杨：到了大学以后什么感受呢？

W：第一次过寄宿集体生活，自理能力特差。开始两个星期天天在学校里迷路。还有文化差异需要适应，否则无法真正理解他人。

杨：会有这种强烈的感受？我倒没有。我当时也是寄宿学校，大学本科，硕士，都没什么感觉。

W：就大一上半学期有，但是瞬间这个感受就过去了。

杨：然后大学四年就是平淡无奇地过了？

W：以前也跟朋友开过玩笑说：**大学四年唯一的功效，就是把高中学到的为数不多的一点有用的东西给忘光（笑）**。当然这么说完全是为了夺人眼球而言辞陡峭，有失公允。

杨：那等于就是大学没学到什么东西啊？

W：当然不至于。虽说对大学教育确有些不满足，不是理想中的大师之大学。

杨：大学应该自学，你没有自学吗？

W：那个时候辅修了哲学，在哲学系我是认真地看了一些书。大学前的我世界观情感观是武侠小说塑造的，上大学后则是福柯、尼采、海德格尔。

杨：这个和我有点像，我当时不是辅修，我是自己阅读，借阅大量的哲学、历史类的书看，学到很多。除此之外，你没有去接触一些别的？

W：谈恋爱。（笑）

杨：谈恋爱算是自我教育吧。

W：也是认识世界的一种方式吧。高中的时候一个年级有一千多个人，告诉你一个吓人的概率，一千个人里面只有三对谈恋爱，这是一个多么小的概率啊！

杨：那你在大学里有没有觉得空前地自由、解放？

W：所以我一上大学就胖了十斤。（笑）

杨：其实你不觉得在这个环境里面对自我的要求更高吗？

W：上大学以后开始彻底地反思过去被规划的人生，自我纠错。中学时候的愤怒是没有出口的。上了大学以后，你突然为中学所有积攒的负能量找到了出口，就是自由，自由就是最大的出口。

杨：大学里谈恋爱其实是一件很普通的事情。

W：最普通了。

杨：所以这个里面好像也没什么可谈的东西啊。能谈些什么不一样的东西出来吗？反正我觉得我大学谈恋爱倒是有一个有意思的地方，就是让我变得不愤怒了。我是个男性，我谈恋爱之后就觉得这个世界，哎，好像还蛮不错的。我以前对这个世界是冷嘲热讽，其实是非常愤怒、对抗的这种状态，我一谈恋爱就觉得，世界原来也不错啊。

W：我最大的改变可能是，让我发现人是可以有坏习惯的。你所有负面的、与规范不相符的东西可以释放出来，并且成为一种可爱的存在。

杨：那你大学里交游很广吗？

W：我大二的时候还坚持参加了八个社团，英语协会、学生会、广播台、英语戏剧社等等。

杨：除了社团以外有没有参加社会实践类的活动？

W：去美国、土耳其参加过一些国际会议。

杨：其实社团里面能学到很多东西吗？我一直对社团很怀疑。尤其我觉得，中国大学里的学生社团，更多的就是……

W：社团是官僚体制的前期训练。

杨：对！有点这种感受。尤其是像学生会之类的组织。它其实并没有起到一个自治啊，或者是锻炼自我的这样一个作用。

W：可以发泄很多旺盛的剩余精力嘛。还可以交到好玩的朋友，大学里不乏奇人。哦，还有诗歌嘛，写诗，这个要不要谈？

杨：要谈啊！你从这个时候开始写的吗？

W：中学就开始锁起房门偷偷写了。

杨：也是一个出口。

W：是很私密的出口，认真体会自己的存在感。

杨：这种求证自我的存在感好像特别强烈。为什么会出现这种情况呢？你觉得像我们父母这一辈有这么强烈的自我存在感吗？我觉得好像不是这么强烈。

W：**他们那一代人有整体的存在感。**

杨：整体有存在感。所以个人倒无所谓了？

W：对。而且他们对这个世界的感知是丰富的。他们年轻时，真的有大把时间做到跟世界玩耍，而我们没有。**可以说我们这一代没有真正的青春。**我的话可能说得极端了，但真的感觉没有青春。

杨：或者说青春很苍白，很单调。

W：很苍白。你是完全跟世界隔阂的状态，你对世界是没有感知的，你只能通过逻辑意义去产生联系，你没有真正的触感！

杨：对，我觉得这一点特别重要，**就是我们这一代人和世界发生的关系是虚指的。**

W：说得太好了。

杨：80后、90后与世界的关系更虚拟一些。比如通过网络、媒介。

W：对世界的触觉消失了。

杨：你不知道世界有多面，你只知道某一面。因为虚拟的也是一面。

W：所以要写诗嘛，诗歌直接跟存在对话。

杨：我现在不这么认为。我觉得我们整个的写作也是跟世界不发生对话的关系，越来越有这个趋向。小说，诗歌都是这样，在自己的世界里面繁衍。

W：它自己形成了一个封闭区间，内循环。这个很糟糕。我还是渴望有更多的体验。参加社团也是体验主义吧，过剩的精力想把每一块能触及到的地方都涂上点自己的色彩。

杨：像学生时代，其实我个人认为还是一个蛮封闭的时代。哪怕你在学校里参加了很多社团，其实你还是在一个围墙里面生活。

W：人永远是在围墙里活着。不过有段时间想法也比较极端，觉得只用活到30岁就够了。30岁之前把这个世界淋漓尽致地体验完。

杨：30岁也体验不完啊。

W：这个是后来才慢慢明白的。

3

杨：我发现你对社会性的事件关注度都不是很

大。你会更多地关注一种内在的东西，比如写作啊，而我呢会更多地关注一些很社会化的事情。

W：我对外在世界介入得很晚，去英国留学以后才真正开始关注公共空间。

杨：那你研究生是在国外读的吗？为什么选择英国，我印象中更多人会选择美国。

W：可能是对逝去时代的向往吧。我根本没考虑美国的学校，我就想去牛津、剑桥。牛津、剑桥虽说衰落了，但就是这种没落贵族的落拓之气也很吸引我。我就想去那边寻找一点贵族教育，精英主义。

杨：说说你的感受。

W：到处是历史和故事。半夜跳舞回来，高跟鞋踩得石板路噔噔响，你不知道路面之下是巨大的酒窖，抑或是藏有莎士比亚手稿的地下室。长期生活在这些故事中的人，会渐渐染上一种懒散的生活方式，一种清教徒式和纯粹艺术家的严厉迂腐的精神，偏爱"极端的事物、古怪的人、绝望的情形"。

杨：那你觉得那边的学生，比如中国过去的学生跟英国本土的学生或者是从其他国家过去的学生有什么差异吗？

W：英国本土的学生倒不是那么多。有意思的是，在牛津，书店是比夜店更加能让年轻男女擦出火花的地方。

杨：就是喜欢在书店里面发生一些故事？

W：读书变成了一件很性感的事情。

杨：这个我觉得就是很大的区别。在中国你一谈到读书，很容易让人想到一个很傻的形象，或者是很落魄很糟糕的感觉。在英国可能就是一种很智慧的形象吧。

W：智慧，性感而有趣。

杨：但是是不是有一个前提，就是他们不需要考虑别的问题了，比如生存的问题，然后才会把读书这些事情变得优雅智慧起来。

W：这是一个大原因。虽说如今的牛津也不是只向贵族敞开了，但学生基本都算衣食丰足。另外学校里黑人极少，几乎见不到。有些贵族子弟是这样，就算已经到了山穷水尽兜里10块钱零花钱都没有，但是他还是可以像桑塔格那样骄傲地宣称"如果我身上只有10美元，这10美元还是用来打出租车的"。

杨：那这就是一个心态问题，并不仅仅是一个简单的物质问题。

W：就是鄙视生存问题。以此为耻。

杨：我觉得中国的年轻人这些年来最基本的一个问题就是，在生存上消耗了太多的精力。所以我在想，我们这个国家没有创造力，就是因为我们在家庭、在基本的生存上消耗了太多的时间和精力。

W：社会结构性问题。矮房檐下，长不成大树。

杨：这就没办法了，你说这是命运还是国情？

W：一代人有一代人的残酷。痛苦与痛苦没法比较。我们这一代人虽然没有经历过灾荒战争，但承受的压力痛苦，不能说小于饥饿。

杨：关键是这种"缺钙"不是自己的原因造成的呀，这是我们的历史造成的。你对英国社会观感是什么样子的？老欧洲的感觉？

W：缓慢、笨拙而有序。

杨：你在北京你会觉得，哇，好热闹啊，好嘈杂啊，到处都是青年人，急匆匆的。

W：就是下了地铁走出来，迎面走来一百号人，每个人的面孔都苦大仇深，头上恨不得拧一把发条，每个人都好忙，要干点什么大事。我们现在去看"文革"觉得那是一个疯狂的年代，这个年代和它一样疯狂，是另外一种疯狂。欧洲有一种高兴的文化。高兴是一种文化。中国现在普遍焦虑，普遍压抑。我不是说国外什么都好，英国自然有各种优越性，但你会强烈地感觉到，它的每一寸国土都已经被算计过了，发展和变动的空间有限。但在中国不一样，中国毕竟还是一个上升的地方，所以很多的毕业生还是会愿意再回到中国来。

杨：也就是说中国目前这种状况并不全是坏事，它有更多的可能性？所以你最后没有留在英国而是选择了回国？

W：泥沙俱下，不完全是负面的，它是一种社会活力的象征。另外我觉得比较理想的状态是海鸥式的，国内外两头跑，两边的风景都不错过。

杨：其实这说明你是有选择的机会的。就是说你基本上不需要为生存操心，所以你可以有这么多的选择。这凸显了你所处的阶级或者阶层。

W：你说我们算什么阶级呢？

杨：我们是中产阶级吗？我觉得不算。

W：对，不算，中国没有真正的中产阶级。我们就是底层社会里受教育程度最高的一群人。

杨：那这一群人怎么界定呢？小资产阶级？

W：那个时候在牛津，有一部分中国的学生跟我一样，有一个强大的意识，希望借助一个贵族血统去改变自己的阶级性。

杨：为什么？就是说你觉得一个人通过他的修养，学习而不是他的经济基础可以改变自己的血统？

W：后来发现是幻灭的，根本不可能。**就是你不**

可能通过你优越的教育或者修养去改变阶级。现在没有科举制了，通过读书向上流通的阶级通道是关闭的。

杨：对啊，必须要通过经济基础，然后才是上层建筑。

W：但年轻人容易会有这种妄想嘛，很多人都会对留学抱有特别大的妄想，认为海龟毕业回来就摇身一变改变阶级性了。其实没有，其实你只是坐了几趟国际航班的同样阶级的人。

杨：其实这种想法是特别小资产阶级的想法。**小资产阶级总是试图通过自己教育上的优越性来提升自己的阶级属性**。其实最后还是要回到经济上，回到资本这个角度来看。

W：是的。就像威廉·格纳齐诺写的那样，"你的睡眠质量太差，你醒着的时间太长，你平庸的事想得太多，你希望过多，你安慰自己太频繁。"留学对我是一个巨大的启蒙，人生第一个真正意义上的转折点。

杨：什么启蒙？

W：对这个世界的理解。还有就是对公共空间的关注。不再局限于一个自我的范围，对外部世界有了更多的关怀。

杨：为什么会有这个变化？就是为什么会对公共空间突然这么感兴趣？是因为年龄的增长，还是……？

W：首先是交往方式的影响吧。在那边，我跟导师、同学或朋友一起谈话，很少是围绕私人话题进行的，更多是谈论公共问题。

杨：唉，这个很有意思。

W：这也是和国内的一个很大的区别。

杨：在中国我们同事朋友在一起交往，更多讨论的都是私人问题，比如说买房子、结婚、孩子教育、身体健康，中国人喜欢谈论这些问题。但是你刚才讲的，在国外他们可能更多讨论国家政策、环保、世界局势。

W：在一个特别精英的环境里，你会发现所有人都忧国忧民，人与人的交往方式更多是从公共问题切入，谈历史谈艺术谈政治，就是不谈生活。有时候你简直把握不了那个度，不知道要熟到什么程度，大家可以聊聊私人生活。

杨：其实这一点反而更加衬出他们更个人主义。因为有些私人话题是不能拿出来讨论的。

W：我觉得更多的是大家对公共事务和政治参与确实有热情和关注，个体意见的介入是可能的。

杨：就是社会的参与程度非常高。

W：非常高。**西方是辩论型社会，这一点和我们国家在根源上就不同。**

杨：**我们其实是一个社会参与程度非常低的国家。**

W：此外也说明另一个问题，我们的话语往往是同质化的。公共话题为什么没法谈论，因为我们总在用同一套话语去谈论它们。民主化程度较高的地方，更容易听见不同的声音。

杨：所以这就是我在《80后，怎么办？》那文章里谈到的，**我们为什么没有归属感，或者觉得我不是这个社会的主人公，就是没有这种意识，没有这种主体意识。因为我们没有办法去参与，没有找到一个很好的途径去参与这样一个社会化的事务，我们的讨论方式都有问题。**

W：对，讨论和辩论的方式都没有能建立起来。话语引导太强势了。大众跟从着一些低端媒体的判断。

杨：**第一是讨论的方式没有建立起来，第二是讨论的空间我们没有形成，有效的空间没有形成。**这就有点糟糕。这会造成很大的问题。失语啊，压抑啊，诸如此类的问题。

4

杨：从英国回来后从事了哪些职业？有没有什么不适应之类的感觉？

W：非常不适应。我回国初期待在江苏老家，当时觉得离家太久了，比较想和家人待在一起。我爸把我安排在家乡电视台，天天播播新闻，录完节目就溜回家了。工作没多久就有中学老师很愤怒地打电话过来问，为什么读了这么多书回来没出息地干这个。我发现在家里赖不住了，就来到北京。来到北京后也本着神农尝百草的精神尝试各种不同的工作。也到处投简历，我发现只要是我投简历，都能够进最后的面试关，然后见光死，最后一轮基本都会被刷下。

杨：为什么？

W：开始我认为是自己面试表现不好，后来我一个闺蜜一语道破其中的玄机：其实人家单位一开始就没觉得我适合，但人都好奇，想看看牛津回来的人是什么样的。他们看一下再把你刷下去。

杨：哦。好像在新华社干过是吧？

W：在新华社做过编辑也做过记者。

杨：后来发现做不了，不干了？

W：实在做不了。明明两个小时可以完成的工作，大家都搞得日理万机，一天天都还要加班才够意思。我可能哲学看多了，比较偏激地认为那种办公室生活在深层意味上是一种集体自杀。**更重要的，你发现自己每天都在制造无限多的信息垃圾**。这世界信息垃圾已经太多了，我还花费青春在那儿制造垃圾。

杨：每个媒体都是这样的，不光是新华社。这其实是现代社会的一个最基本的状况，大数据时代嘛，庞大的信息量。

W：一方面巨大的信息量，另一方面每个人的思考空间被挤压到了最小。刚刚来北京工作时，最大的感受是，地铁是一个压抑的地方。有时甚至觉得地铁是一个可以让人性扭曲的地方。

杨：为什么？我经常坐地铁。

W：地铁本身是一个封闭的空间，它跟公交车还不一样，它跟外面的世界完全没有联系，而且它是一个地下世界，这地理环境首先就决定了，它是有一种令人窒息的气质的。然后坐地铁时，我经常发现地铁里的人很少有一个是愉快的。地铁里你能看见笑脸吗？我几乎没有看见过。

杨：这个基本上符合地铁里的状况，但也是有笑脸的。我坐地铁还是能看到有人在笑，有人在闹。因为有很多年轻人嘛。

W：还有一点，地铁里肉体的距离没有了。

杨：这个没有办法呀。

W：肉体的距离没有了，这个很糟糕。当一个人肉体上的距离没有了，他的道德程度和他的尊严羞耻是瞬间摔碎的。

杨：这个我深切地感受到这一点，就是除非你跟一个很亲密的人在一起，要不然保持一个肉体上的距离，很重要。

W：非常有必要。没有了肉体距离的时候，道德距离也就没有了。

杨：怎么扯到地铁上去了？

W：不知道。哦，说回国工作呢。钱还没有赚到，身体已经垮掉。

杨：你当时有就业焦虑症吗？

W：也有吧，说没有是假的。海龟回国都先要晃荡一两年。开始找不到感觉。

杨：那国外不也是这样子吗？

W：国外规则相对比较透明。

杨：哦，那倒是。国内的这种潜规则太可怕了。

W：我在新华社默默无闻地工作了一段时间，很多人都还互相不认识，但辞职的那一天，很奇怪，突然，我觉得所有的光彩和荣耀都照耀到了自己身上。人事处的领导，记者组的同事，编辑部的朋友，都以非常艳羡的眼光看着你离去，因为你实现了他们想了几年都没有跨出的那冒险的一步。

杨：唉，这就是中国的这个环境。你真的做出了一个有效的选择，其实还是有很多人欣赏的。

W：也有很多人说我傻了。不过我自己很满意后来读博士的人生选择。

杨：然后就是读博士？

W：没，之前我和亲戚朋友合伙办过一个碳交易公司，做跨国业务。当时挺时髦的。

杨：我很感兴趣为什么你会投资这个项目？

W：《京都议定书》把国家分为了有减排任务的一类国家和没有减排任务的发展中国家。像中国这样的发展中国家，发展替代性清洁能源的过程中产生的虚拟金融指标CER可以拿到国际交易所进行交易，资金来去很大。碳交易的魅力在于，它不仅关涉全球变暖的环境议题，也同时涉及国际政治。后来的哥本哈根会议沸沸扬扬却没有结论。但按照当时的形势判断，正如雅尔塔会议定下了二战后的世界格局，碳交易作为一种新金融其实是把世界格局重新洗牌，是确立新一轮的原始股分配。做碳交易时，我对国际政治形势和各大金融机构的研究报告都是密切跟进。我觉得非常重要，也想参与到这个进程中去。

杨：那你这个和你在英国留学的经历有关系吗？我觉得这个生意做得很有国际视野。

W：有关系。当然也与一些老师和校友的影响有关系。

杨：校友？牛津大学的校友吗？

W：牛津、剑桥算一家嘛。从事碳交易的人是一个非常少的族群，在中国，总共也才几百人。

杨：非常小，非常精英。

W：基本都是一流名校毕业，高收入，圈子特别小。

杨：然后呢？

W：开始很轻松地赚到一些钱，觉得用智力赚钱是一件很酷的事情。后来欧洲经济危机，加上《京都议定书》没有续签，整个碳交易市场几乎都消失了。

杨：然后从中学到什么？

W：创业是一段无可替代的经历。像碳交易，来去资金量非常大，看着那么大的数字在E-mail里穿梭来回，是很刺激的体验。人也要迅速地成长，要谈判，要赌市场，要管理员工。当然我做的这个行业可能跟国内绝大多数人的创业经历有区别。它是一个非常新兴的产业，全部是国际业务，规则清晰透明，透明到甚至做这桩生意时你跟买家都不需要见面，更不需要搞关系。我在很长一段时间内跟我的上线买家都只有E-mail往来，所有的付款啊，合同啊都进行得非常顺利。

杨：这很有意思。

W：在国内业主这边，我们是给他们创造利润的，又有一定程度的稀缺性，于是更不需要太多关系。基本上站着就把合同签了。这个生意做得比较有尊严。

杨：在中国要做有尊严的生意是很难的。

W：很难。最大的问题在性别上。在中国，如果你有一根女权主义的神经，你会发现浑身都不适应。性别歧视，还有年龄歧视。你会发现你一个小姑娘出去谈事情，人家不相信的。

杨：这是中国特有吗？这个我不了解。但是确实，年轻、资历会让你有很多限制。

W：还有女性。

杨：这种很强烈的性别上的问题，有没有想过用什么方式去改变它？

W：中国这十年来，女性意识有一个很大的滑坡和退步。你看我们现在文学里的女权主义比较有代表性的人物或者说事件，大多在1993、1994年间。那其实是有国家意识的推动的。因为国家1995年要承办世界妇女大会，中国政府希望表现与世界接轨。那期间就出了很多这方面的书，但那之后女权主义声音迅速地没落。

杨：我同意这个说法，**近十年中国的女性意识退步得很厉害。女权主义基本上销声匿迹，要不就被扭曲，曲解，丑陋化。**

W：关键是丑陋化。偶尔有女权主义者弄出一些事件来，往往会招来嘲讽。有一些女权主义者确实做得不雅，但即便是这样我也还是为她们鼓掌的，起码她们有自觉的女性意识。

杨：这其实也算是一代人的困境。那你有没有从这里面激发出一种自我意识或者女性主义意识？有没有一种超越自己的更大的情怀？

W：我对于中国女性状况一直非常地关注，并且希望有所作为。

杨：那你特别关心哪一个阶层的女性？

W：每个阶层我都挺关心的。以前说女性获得经济独立就获得了女性权利，没那么简单，各阶层的女性有各阶层的困境。

杨：比如说我们有时候会集中地关注女工人，但是没有想到女教授也有她的问题，女博士也有她的问题。

W：因为现在中国整个社会机制对于女性的保护，已经到了一个最弱的程度。国家法律没有很好地保障女性权益，在职场上，婚姻上，保护都是缺席的。我这么说可能偏激，现在是一个女性普遍没有尊严的时代，不是说女工没有尊严，女教授也没有尊严，女富二代也没有尊严。

杨：那你也算是女富二代啊？

W：我肯定不算。

杨：后来就读博士？

W：对呀，发现加入了一个弱势群体。（笑）

杨：为什么当时想读博士呢？

W：读博士纯粹是出于对文学的热爱。

杨：哦，就是说你还是有理想的，这个其实很不容易。我个人感觉理想主义、浪漫主义，这些看起来很过时的东西，在一部分女性身上好像保留得更多一点，你觉得呢？

W：似乎是这样的。

杨：是不是因为男人必须要更多地与世俗发生关

系，女人是不是可以稍微远离世俗一点？

W：有玩笑说，"未来的世界是女人思考，男人干活"。现在中国社会对于成功的理解特别单一，男人首先要获得经济，然后才可能获得其他的资源，也是很惨的。**女权主义从来不是女人一起反对男人的战争，而是男人和女人共同面临的问题。**

杨：但是这会产生一个问题，就是**男性在审美上会越来越粗糙，女性会越来越精致。**

W：女性越来越精致吗？我没有发现啊。

杨：就是如果照这样发展，女性负责思考，男性负责挣钱的话，那阴盛阳衰了。

W：**就是佛经里面讲的阴阳失调的末法时代。**

杨：那么你觉得这是你对这个世界的基本认知啦？认为这是末法时代。

W：嗯，我认为是末法时代。

杨：什么意思？解释一下。

W：**世界已经到达一个混乱的节点了，未来的文明呼唤灵性的觉醒。**

杨：那你觉得个人在这样一个时代应该怎样去安排自己的生活，或者是与这个世界互动？

W：这是一个很深刻的问题，涉及人与世界的关系。佛活在每一具肉体上，现在的人苦痛太深了。

杨：所以这就谈到你的宗教了，你有没有信仰？

W：我信佛不信教，信道不信教，信基督不信教。

杨：那你这是三教都信啊。

W：宗教中的智慧跟物理数学的巅峰是触碰在一起的。比如量子力学的很多观点都跟佛经相吻合。哈佛大学的布朗维斯做了很多物理与宗教互证的工作。希格斯玻色子的发现更加证明宇宙是完美而有序的存在。我还是特别向往那种上古整全的人性。在末法时代，存在是鸡零狗碎的。木心谈文学曾说了一段话，意思是说现在没有大师了，大师的灵魂零零碎碎地活在了许多小师们的身上。末法时代呼唤新的人性、灵性。

杨：所以这就回到了神秘主义上。这让我想起了韦伯，他在一篇很有名的演说文章《以政治为志业》中说，你们中间的一部分人，很有可能卷入一种神秘的宗教主义，或者是赶时髦，或者是被迫。但是他说这一部分人是不能够以政治为己任的。他说一个以政治为志业的人，恰恰是意识到了这个世界的丑陋、恐怖并且跟这个丑陋和恐怖纠缠在一起的人，跟它互动和搏斗。

W：我有一个很大的心愿，就是希望灵性修行能够传承普度。

杨：就是灵性是大家都来参与的？类似于启蒙？

W：不能说启蒙，很多前辈大师都已经做过这样的事情了。我是希望在实践层面做点事情。

杨：你这个观念很典型，你身边这种人多吗？

W：很多啊。你会发现对信仰感兴趣的人越来越多了，可是超越了求财许愿的，真正有理论修养的，有修行的人却非常少。

杨：你将来大概会从事什么样的职业？或者你最理想的职业是什么？

W：大部分时间还是想要从事写作和研究，但这只是一个方面。另一方面我想做的事情是气功以及传统道家养生智慧的传承推广。

杨：这个也算是社会参与。

W：这是很隆重的社会参与。

杨：很隆重的？那除了这个，你觉得还有其他社会参与的方式你比较认同吗？

W：还是很关注中国女性意识的觉醒。我一定永远是为女权主义摇旗呐喊的。

杨：其实你在我们这一代人里面算不上是一个虚无主义者，你有很强烈的社会参与感。

W：虽然是以虚无为底色的，但是在虚里面生出了实吧。

杨：也就是说你首先还是有一个虚无主义的。

W：虚无主义是底色吧，但是虚里面要生出最实的东西。

杨：就是要用出世的心，做入世的事。

W：对。我经常想到沈福宗的故事。四百年前，牛津大学柏德林图书馆收到了第一份来自中国的手稿，1604年的英国还没有人认识中文。直到又过了八九十年，一个名叫沈福宗的年轻人游历欧洲，才为他们翻译出来。那时候的牛津怎么也想不到，这份手稿日后会变成欧洲研究东方学重要的文献。我们不知道自己此刻的忙碌是何等徒劳，抑或在未来发挥何等蹊跷的作用。但至少，文字书写帮助自己从日常生活中撤出来，寻求一点快乐之上的意义。

杨：这个其实还很积极。**就是虚无主义并没有导致逃避，而是由虚无而导致一个介入，这是另外一个辩证的关系。虚无它可以生出力量。**OK，到这里吧，挺好的。

W：你觉得挺好的？我真心觉得不够。

二、我依然属于弱势群体

采访对象：石海滨，男，1980 年生，某民办大专毕业。现为东莞某互联网科技公司老板。

时间：2014 年 5 月

地点：广东省东莞市长安镇某公司办公室

杨：从你高中毕业时候谈起吧。哪一年高中毕业？考上大学没有？

石：1997年高中毕业，我是艺术类考生，高考美术专业分还可以，文化课成绩刚刚过线，最后还是没被录取。家里当时已经预备了鱼和肉，都准备要办酒席了。结果等到八月中秋都没拿到录取通知书，我那时就觉得黄花菜都凉了。我还记得那时的情景就是，在老家收稻谷，心情很失落，稻谷收回家以后呢，就接到了我的一个同学的电话，说他在江西渝州，问我有没有接到录取通知书，没有的话就到他那边的学校里去读书。当时我就跟我妈说，我就到那边的民办学校去读书算了，然后我爸就东借西凑，大概准备了两三千块钱吧。因为我们那个时候会拿着日常用品去上学，不像现在拿个银行卡就什么都解决了，所以他就帮我把钱缝在那个被子里面，然后我就踏上了去江西的行程。

杨：1997年大学还没有扩招。高考失败对于农村考生来说算是一个很大的打击。你去江西求学，算得上是出远门了。

石：对啊，以前最远的地方就去过安庆。到了江西呢，我也不知道渝州在哪里，我还以为在南昌市，所以在南昌匆忙下了车。下来以后，火车站里就是一大排的民办学校在招生，突然就来了几个人，在我面前晃来晃去，其中有一个看起来很忠厚的四五十岁的人看到我，就问我说："小伙子，你干吗？"我说，我是读书的。然后他就说："读书，那我们学校还不错啊，华商。"我一听"华商"这个名字，就感觉好像曾经在哪个电视广告上听到过，但实际上最后知道这个"华商"和我听到的那个"华商"不是一个学校。可是我当时就稀里糊涂地被招进去了。

杨：那几年好像刚刚放开民办高校招生，所以很多民办高校的广告，盛极一时，很多其实是皮包学校，乱得很。

石：进去了以后呢，当时感觉还不错，因为这边的生源都很差，而我以前是在一个重点高中就读的，所以成了"矮人国的长子"。学校里的广播站站长、宣传部部长和文学社社长，全部都是我担任的，当时非常有成就感。那时时兴取"笔名"，我的笔名就叫"石头"，还有一些女生慕名来找我签名的。但好景不长，入学一年后，大概在第二年的四月份，就被学校强制性地安排去上班了，我们当时整个班都被安排在了深圳松岗的一个工艺品厂。

杨：是不是你们学校和深圳这边有合作协议？一般的民办职业学校都这样，从中赚取劳务费。

石：对，厂方支付给学校一个人三百块钱，就把我们给"卖了"。我们那个时候的带队老师姓唐，我们进厂后就再也没有见过他。"卖了"之后，当时就给了我们两间"办公室"。其实严格说起来，也不能算是办公室，就是围了一个地方，中间一个办公桌，让我们在里面"做开发"，挂名是"设计室"。实际上的工资就是三百四十元，扣掉六十元的生活费，也就是二百八十元。厂里也不拿我们当回事，只要是哪里需要加班，就把你放进去。给你名义上挂的是技术活，但是所有的工作都是类似"做苦工"。

杨：有没有一种"包身工"的感觉？

石：有啊。我当时非常不习惯。对整个工作环境和管理制度都不满意。可能刚从学校出来，太有棱有角了。我特别和主管合不来，有一天吵了一架，就辞工不干了。

杨：然后呢？

石：然后就要赶紧找工作啊，否则就要饿死。但是因为没有工作经验，那些单位根本就不收。当时曾经去过一个珠宝厂，那个厂环境很差，烟雾缭绕。但关键是你看不上它，人家还看不上你。所以根本就找不到工作。这时我正好有个表哥来到了广东，我就打了个电话给他，问他在做什么工作。他说他在一家公司里做空调维修，老板是咱们安庆的老乡，每月工资一千八。哇，我当时一听这个一千八简直是天文数字。我说我不管了，我就到你那儿去了。他说可以，他们正好在招人。他还问我，你那边还有没有别人。我说有啊，正好我这边有一个朋友跟我在一起。然后他就问："他家有没有钱？"我就觉得有点奇怪，这个跟钱有什么关系？我说他们家条件应该还好，不是那种坏人。他说那行吧，你把他带过来吧。

杨：招个普通工人还要问家里是否有钱，这里面肯定不太对劲啊。

石：但当时也想不了那么多，就过去了，在东莞一个叫凤岗的地方，离深圳松岗还比较近。当时我们是下午坐的车，晚上七八点才到。我表哥见到我以后也很高兴，让我们赶快洗个澡，一起去吃饭。我刚洗澡出来，就发现整栋出租房冲进来一群陌生人，非常凶，原来是当地的"治安队"来查证件。他们看了我的"暂住证"，说："你这不是深圳的吗？"我说："是啊，刚刚从深圳过来看一下朋友啊。我有暂住证啊。"可能我的回答不够低声下气，那个治安队员立即当面把我的暂住证给撕了，然后问我："那你现在还有吗？"

杨：太可怕了。治安队是什么组织？

石：不太清楚，不是正式的警察，但行使很多警察的权力。**现在东莞还有治安队，不过现在都穿制服，以前连制服都不穿。**

杨：很奇怪的组织。**我记得90年代初有一段时间地方派出所都有所谓的"联防队"。**我当时在高中读书的时候经常被他们找借口勒索。这也算是我们这一代人的特殊经历吧。你继续说。

石：然后就直接把你塞到一辆后面带一个铁舱的车子里面，就那么小的一个空间里面装了有一百多人，当时我在里面根本就喘不过气来。然后就被送进了看守所，分成了三个牢房。到了两点多的时候，突然有两个人就过来敲门，让大家起来。我们就不知道要干什么，当时就有一个小的，指着另外一个人说："这是我们牢房老大，我们牢头，你们要听他的。现在你们身上有没有什么东西呀，有没有什么能够孝敬我们老大的？"然后就一个个查看，我正好戴了一块电子表，也不值钱，他想要拿去，我就不给。他说不给我就要打你。旁边有个人就怕了，对我说给他算了，然后我也就把表给他了。之后我就问旁边的人为什么会被抓进来，他说，跟我一样找不到工作，没有暂住证就被抓进来了。我问他被抓进来多久了，他说已经七天了。他说一般在这里待的时间最长也就十五天，如果十五天这边还是不能出去的话，他们就把你送去修路了。

第二天早上六点，哨子一吹，大家就要到操场去集合，把手抱住后脑勺去跑步。跑了大概有二三十分钟吧，就去吃早餐，要求大家全部蹲下来，也是要抱住后脑勺，然后每个人前面放一个碗，就有人过来往碗里盛稀饭，也是那种"稀不稀，饭不饭"的东西。另外一个人就拿了一个篮子，用手给大家分萝卜条，也不用筷子，一个人就三根。我看到那个东西就吃不下去了，然后旁边就有人问我："你要不要？"我说我不要，刚刚说完，两边的人就一下子把我的东西抢光了。完了以后大家就又回到牢房里去，狱警就过来查房，一个个问："你们这边有没有事啊？有没有人敲诈啊？"我马上举手，说："那个人敲诈我。"狱警就一招手，让那个人过去。过去以后我就听到外面那种杀猪一样的惨叫，用皮鞭抽打，很惨，回来以后身上全部都是一道道的伤痕。我如果知道是这样的话，打死都不会说的，当时表拿回来还是感觉到深深的内疚。等到十点左右，我们的"上线"就一个人花了二百五十元，把我们都弄出去了。

杨：这个时候你大概就知道你表哥带你参加的实际上是传销组织。

石：当时我又认识了几个人，大概知道是在搞传销。但是大家也都不是很明白这个说法，觉得就是在做生意，也没有碰到把你控制起来啊、不给钱就折磨你啊之类的情况。

杨：反而是被治安队给折磨了几天。

石：反正我们当时确实是很惨，因为家里确实很穷，没钱，身上带的一点钱和朋友给的一点钱都用光了。基本都是一两块钱，三个人或者四个人吃一天的，那时候鸡蛋都是五毛钱嘛，就买个鸡蛋，买点辣

165

酱，用电饭煲炒一下，很咸很咸的那种，一个鸡蛋吃一碗饭。那时候米好像不要一块钱，要七八毛，一般一斤多米，就能吃得很饱，基本上就是那样子过日子。最后弹尽粮绝了，我们就把液化气灶和电饭煲卖了，总共卖了一百多块钱吧，我和两个朋友一起分，我分了九十八块钱。先坐车去广州找了一份直销的工作，就是上门推销商品，干了几天卖不出去东西，还经常被小区的保安抓起来审问，所以就只好去投奔我的女朋友，她是我在江西上学时候的同学，当时在东莞长安镇一家厂里上班。

杨：深圳——广州——东莞，最后你是在东莞落脚了。是不是也换了不少份工作？

石：对啊，找工作也不是很顺利。比如去了一家恒星泡沫厂，它是做泡沫的，招杂工，我前面都过了，到主管那里，说："你是大专的啊，学历太高，我们不要。"我当时气得要死，最后跑到街口那里一个塑胶厂应聘，他说我们没什么要求，一只手能做二十个俯卧撑就行了，我那时候才八十多斤哪，还一只手做二十多个俯卧撑！

我到长安的时候身上只有六十八块钱，我女朋友刚刚进工厂不久，也没有多少钱。那个时候我已经找朋友陆陆续续借了七八百块了，吃饭不贵，就是找工作要花钱，比如应聘要交二十块钱报名费啊，还有进入人才市场是一定要给钱的，三十、五十的，就不像现在不用给钱。而且经常有这种骗局，比如说把我骗到大荔山去，到了那以后，有狗屁工厂，其实他就是骗你那三五十块钱。

身上没有钱怎么办？也不知道什么时候才能找到工作。那时候还好，很多工地上有那种很大的下水道管子，我们一般就钻到那里面去睡，蚊子什么的就不用说了，第二天早上起来，工地上都有水，就刷刷牙，洗洗脸。如果碰到明天要面试的情况，就去住一下那种最廉价的招待所，都是那种五六个人一个房间，上下铺的那种，一般十五块钱，里面也没有什么洗手间，都是外面那种公共的。后来那种下水道管子不能住了，就跑出去看通宵录像，那时候通宵录像馆最流行了，如果说你晚上看通宵的话就是十块钱，过了十一点就是五块钱，我们就站在外面等到十一点，进去就在沙发上睡，根本就不是为了看录像嘛。就这样过了一段时间。自己试了好多地方，基本上没有找到工作，这个时候我就打电话给我爸妈那边，说我撑不住了，我要回家了，家里人在那边哭，我在这边哭。我打电话给同学，他们基本上都是没有办法，因为大家自保都很难，**那个时候心里其实是有很多埋怨的。**

杨：真的是很辛苦。这些都超出了我的想象。埋怨什么呢？

石：**埋怨没有人帮助我，埋怨命运为什么这么惨。我那时候对工作的唯一的要求就是你给我吃给我住，不给我钱都行，只要解决温饱问题。连温饱、连吃喝的问题都解决不了，人根本就不会有其他欲望。你谈梦想是没有用的。**我记得月底我只好又去找我女朋友，她说："我现在也没有钱，过一段时间才发工资。"她家里也很穷，我若有若无就听到她表妹跟她讲这种男的要干吗，给他一点钱打发他回家算了。我女朋友其实也有这个意思，意思就是"你再找不到工作我就帮不上你了，你只有回去"。我当时真的是快绝望了。

这个时候有了点小转机。一家电脑公司招业务员，其实他没有让我去面试，正好要面试的人没去，我又给公司打了个电话，于是就让我第二天去面试一下。当时特别高兴。把自己仅有的一件白衬衫翻出来，花了十五块钱找了个小旅馆住下来，整个儿洗了下，精神起来。第二天早晨八点就起床，没吃早餐，喝点冷水就好了。我住的宾馆离公司不远，我就走过去。快到菜市场那儿的时候，突然又看到了一群治安队的。

杨：那你没犯什么事情，不用怕他们啊。

石：但还是有心理阴影，看到他们我就紧张，于是就靠边走，他们一看到我靠边走，就喊："站住！"有一个人剔着牙签指着我，我就低着头，站着不动，说："干吗？"后面两个人一脚，让我跪下，两只手一铐，把我压在地上，另外几个人把我的包打开，一抖一抖，里面其实什么东西也没有，就是我一些搞雕刻的工具，还有一些毕业证之类很破旧的东西。他们看包里没什么东西就说："好了好了。"让我走，我很无辜地问他们这是干吗，他们说："怀疑你吸毒。"**那是我人生中最感到羞辱的一次，在光天化日、众目睽睽之下被人无辜地冤枉**，还得将那些撒落的东西一点点收拾起来。

杨：除了感到羞辱之外，你就没想别的？没有恨他们？恨这个社会？

石：当时主要是想着要赚钱，认识更牛×的人，来管住他们。什么改造社会之类的东西，学生时候或许想过，当时没有。**自己回想到当初那些事情，就会有恨或报复心态，但当时又怎么样呢，连吃都吃不饱，就是很无奈，就是这种很凄惨、心里很悲催的感觉，就觉得这个社会怎么会这样呢**？

杨：好在这一次工作找到了？

石：那种小公司，全部加起来大概不会超过六十平方米，还包括厨房啊、住宿啊。因为他们招不到人，所以就很简单。当时给的条件就是每月四百块钱，包吃包住。当时我觉得简直是碰到了救星一样，因为我只希望能包吃包住就行。就这样算是找到了一份比较稳定的工作。**记得当时正好国庆五十周年，1999年嘛，公司里电视上正在播天安门的阅兵式，看得我心里拔凉拔凉的。**

杨：为什么有这种感觉？

石：**觉得这些东西和你一点关系都没有啊。我连饭都吃不饱。**

简单培训后就开始跑业务，当时根本就不存在坐公交车之类的，一般都是靠步行。中午一般都不回来，一家家找，发名片，吃八宝粥。所以说现在看到八宝粥就想吐。因为我们一天可以报销四块钱，不坐公交车的话一天还能省下两块钱。长安这一带所有的街道我都用脚量过，我就记得那时候皮鞋跟一个月至少要换三次垫片。

记忆深刻的是有一次，我去找一个客户，把门一推开，也没什么人，我再往里一进，突然两只狼狗嗡一下冲过来。我吓得转身就跑，那狗就在后面追。我吓得鞋子都掉了，当时有个人就在上面笑，哈哈哈，我现在都很怕狗。不光是我有这种遭遇，很多人都有这种遭遇。

因为我跑业务很勤快，慢慢就积累了一些客户资源。那个年代客户真的特别小心，他会跟着你的服务态度走。我应该是到2001年的下半年就买了个二手的摩托罗拉的手机，就几百块钱，2002年换了一个更大型的摩托罗拉。公司业务一直不是很好，濒临倒闭，后来其中的一个包老板就想出来单干，问我愿不愿意一起，我同意了。

杨：那应该算得上是你创业的开始了？

石：对啊，我们俩就找了个出租屋，两房一厅，里面呢就是他跟他老婆住，另外一间小房间呢就是我和老板的妹妹、老板妻弟，老板的妈妈和老板的孩子一起住。

杨：这么住，听起来很怪啊。

石：这个没办法，那个时候根本顾不了那么多。那个老板的妹妹跟我年纪相仿，根本就没有任何胡思乱想。小孩子呢确实也很吵，房子又小，摆两张上下床，中间还不到一米的宽度，所以干脆我一个人跑到客厅住，打个地铺睡。那时候出来个笑话就是说我不怕蚊子咬，其实哪里不怕蚊子咬。

杨：咬习惯了。

石：咬习惯了，咬饱了你总该走了吧。生活费就大概一天十块钱，三五块钱是老板的儿子用的，其他五六块钱就是我们几个人吃的。那时候真的是很艰苦，我和我老板是没有工资的，我们俩就是四六分，我得四，他得六。那时候我们真是啥都没有，就是一台电话，电脑都没有，最后等了一段时间后就买了台电脑。这样大概搞了一年，我的平均工资就一千六了，拼命攒钱，基本上有多少钱，存多少钱。我和我女朋友出去约会，夏天吃冰淇淋，她吃两块钱的，我就吃五毛的。到了2002年，那个老板不想继续做了，觉得挣不了太多钱。我自己身上当时存了五六千块钱，于是就用这五六千块钱开始重新创业。

杨：这次算是真正的创业，单干？

石：对，租了一间屋子，换了一台手机，主要的业务就是给公司组装电脑，包括装系统什么的，都是盗版的。那时一个月也总能赚千把块钱，很稳定。背着电脑包四处跑。**经常被治安队抓，我最多的一次一天被查八次暂住证。**

杨：一天被查八次？

石：对。

杨：当时治安队为什么这样查？

石：**因为他查了以后，你要么跟他私了，私了你**

就给他钱，要么就把你抓进去关几天。

杨：你就给他钱？

石：对，他就是为了搞钱。当时不就出了孙志刚事件嘛。

杨：他是在广州一家收容站被打死的。

石：对啊，**没有他的死，我们会遭更多的罪。以前治安队真的很凶的啊，动不动可以抄一下你房间。**我本来是想和我女朋友一起把生意做大一点。但当时我女朋友家里可能很反对我们俩在一起，因为觉得我太穷，我曾经跟她说过一句话："等我有钱了我请你吃大排档。"那时候根本就没有高档酒店那种概念，就是请大排档。她回答说："等你发了财？下辈子吧。"就是这个意思。

杨：当时很伤自尊吧？怎么听起来像是港台片的感觉。

石：哈，这是事实啊。这句话也激励了我很多。其实这个很正常，我也能理解。后来客户慢慢多起来，一个月也能搞个三五千，心里也有点底气。女朋友家里也不反对我们来往了，我们就又租了一个大一点的铺位。

杨：那还是小本生意啊？后来怎么做大的？听说你最好的时候一年挣了一百万？

石：这个嘛，带有点运气的成分。当时有个朋友介绍了一笔生意给我，就是帮一家公司清洗显示器。有一次我看那个送过来修的显示器实在太脏了，于是我就买了个清洁膏，想把它擦干净点。那一次我就是一点一点擦，擦得干干净净的，然后我就送回给公司。结果那个人就说这不是他的，说是我换了他的显示器，那时候那个东西很贵，一台ＣＲＴ显示器要两三千块钱。我说不可能，这个真的是你的！当时就很委屈很委屈，眼泪都出来了。这时候他的主管出来了，我就跟他说："陈先生我真的没有换东西，我只是拿清洁膏把它抹干净了。"他说："怎么会擦这么干净呢？我平时也擦了啊！"我说我是用了清洁膏，它可以把以前的黑印子也擦得很白。那个主管看我很真诚地说了这番话，就没有怀疑。他对他们那个人说："你自己再仔细看一下，看这个东西到底是不是你的。人家不可能搞这种东西，这种东西没意义啊。"那人于是仔细看了，发现显示器底下有一个固定资产的贴纸，他才意识到冤枉我了。从那以后那个厂人事部的电脑维修就全部交给我来做了。

杨：这说明你对工作很认真啊，取得了他们的信任。

石：对啊，非常用心工作。所以现在一看到我公司的这些90后不好好工作，我就特别生气，就老想着教育他们，当然他们也听不进去。

杨：这算是一个真正的转折点？

石：在创业这块算是吧。后来那个厂越开越大，开了四五个分厂，那个厂叫新永，电脑组装、维修这一块的业务全部都是我来做，给我带来很多经济效益，也就是淘到了第一桶金。那时候大概是2003、2004那几年。后面又经历了很多事情，包括投资失败啊、家庭方面的不顺啊，总之很多，起起落落，现在就这样了，时间关系就不多说了。

杨：从一无所有的打工者到现在小有资产的老板，你这种情况典型吗？

石：也谈不上很普遍吧。吃苦肯定是普遍的，像我们从农村出来的，没有任何资本，在外面只能靠自己吃苦。**我们那个时候机会还比较多，现在机会越来越少了，而且现在的90后似乎也不愿意吃太多苦**，我手下的那些90后，干几天就辞工。

杨：所以说并不是太多人能创业成功？可能一直要做普通的打工者？

石：绝大部分是这样吧。或者就回农村老家，不过回去也不行，一样没什么发展前途。

杨：听你的这些故事觉得你的承受能力很强啊。

从最低层的弱势群体一直做到现在，不容易。心态或者对社会的看法有什么变化吗？

石：生活所迫嘛。弱势群体？我以前是弱势群体，**我现在收入中产了，我依然是弱势群体。而且我觉得中产阶级是最弱势的群体。**

杨：为什么？

石：你看这几年，人工费用涨得特别厉害，我都不敢得罪工人，他们随时都可以辞工不做，我还得去给他买社保之类。工人可以不考虑这些事情，但我们要考虑，因为上面只会找我们的麻烦。

杨：大家都觉得自己是弱势群体，这就麻烦了。好的，就到这吧，谢谢。

三、能够受到一些公平的待遇就可以了

采访对象：Y，女，1981 年生，高中文化，现供职于东莞某小型加工厂。

时间：2014 年 4 月 19 日

地点：广东省东莞市长安镇某加工厂传达室内

杨：你是哪里人？

Y：我是湖北随州的，就是那个编钟的故乡。

杨：哦，编钟我知道，那很有历史。家是在乡下，是吗？

Y：对，我家在农村。靠近城市的一个地方。

杨：城乡接合部。家里的情况能不能说一下。

Y：家里的条件不是很好。我父母没有固定的工作，我爸爸就是做一点非常小的生意。

杨：那你兄妹几个？

Y：我是姐妹三个，我是老大。

杨：哦，老大压力一般比较大，要承担很多家庭的责任。

Y：对，就是要考虑父母的感受。下面的妹妹你要尽自己所能去帮助她们，希望她们过得好一点嘛，所以有时候压力是挺大的。

杨：那你读书读到什么时候？

Y：我是高中毕业就没有读了。因为两个妹妹都要上学嘛，家里面负担不起嘛，我就没有继续读了。我就选择打工，跟我爸爸一起，供她们上学。

杨：也就是说高中毕业以后立即就出来打工了。当时多大啊？

Y：高中毕业，也就不到二十岁的样子吧。

杨：哦，那很小啊。

Y：是比较小。

杨：那刚出来打工是在哪里？

Y：刚出来时是在车间做一个普通的员工。

杨：是在什么地方？

Y：就是在这边，因为我一直是在东莞长安。

杨：一开始是做什么职业？

Y：一开始是做流水线，做流水线上的员工，我们当时主要是做数码相机的组装，差不多做了半年的样子。因为它内部有一个提升嘛，所以以后慢慢地位置就变动了，比如说到组长啊、到物料啊、到管理啊。我做到组长的时候就离职了。

杨：那你当时进厂的时候顺利吗？老乡介绍的还是自己找的？

Y：进厂的时候不是很顺利，就是自己去找工作，每个工厂的需求信息工厂门口都会贴嘛，看了之后看到自己条件符合了，然后就跟周围的人打听嘛，就是问问这家公司有没有拖欠工资。因为在当时的话，很多厂就是会有拖欠工资啊，没有按劳动法来啊。

杨：那时候是哪一年？

Y：2002年……我想一下，是2004年的时候。

杨：2004年那是够早的了，而且那时候的工资应该是很低啊。

Y：对，我记得那时候多少钱？一个月才七八百块钱。

杨：包括加班？

Y：对，包括加班。

杨：那非常低啊，现在涨了很多了。

Y：对啊，**那时候普通职工啊，加班都加到十点啊十二点啊。**

杨：从几点开始加班？

Y：从六点半。

杨：那就是每天加六七个小时的班。

Y：对，正常情况是加班到十点，有时候是加到晚一点儿。因为那时候做电子行业像相机这一块非常好，订单很多，所以生意好的话，它又没有开两班倒的话，就必须加班，加到晚一点儿。

杨：那就是2004年到了东莞，进电子厂，然后呢，就是换厂了吗？

Y：换过一次厂，第二次就是这家公司。

杨：哦，第二个就是这家厂。那这家厂是做什么的？

Y：这家主要是做五金方面的产品，做小弹簧，比如圆珠笔你按的时候里面有那个压簧。这个我们可以做，还有就是手机里面，有很小的那个弹片，我们都可以做。我在这家公司做了蛮多年了，差不多七八年的样子。

杨：那是老员工了。

Y：对，所以这里就比较熟一点，但其他的历练就比较少一点。

杨：那你当时从湖北随州到东莞，为什么选择东莞？其实那时候有很多选择，比如说去深圳，去上海，去广州。为什么到这里来？

Y：主要是当时有一个熟人，我跟我同学一起出来的，刚好那个熟人就是在东莞这边上班，就相当于是他带我们过来这边。这边的话工作也熟了，环境也熟了，然后就一直在这边，就没有去深圳，去北上广啊。

杨：当时你高中毕业到这边来，可以说是从一个落后的地方到相对发达的城市，当时有没有觉得不适应？

Y：感觉的话，第一个呢就是生活节奏比较快；第二个呢，就是外面嘛，比较好玩一点。大超市，大广场，家里没有。还有，那时候比较流行滑冰，蹦迪。然后就觉得很精彩，那时候就是一个比较爱玩的年龄，就是觉得外面的世界很精彩。都没有感觉到外面很辛苦，也没有说好辛苦啊好累啊，都没有那样的感觉。

杨：但当时工资肯定是不够用吧？因为还要补贴家里。没有钱怎么去玩？

Y：对啊，当时出去玩时间还是少嘛，大部分时间还是要上班嘛。有余钱的话还是要给家里面嘛。坦白说我家里条件也不是非常好，所以自己的话还是有节制的。

杨：我2006年来过一次东莞，我当时对东莞的印象非常不好，觉得很乱，治安也不好。而且就像你讲的，到处都是外地人啊，人和人之间就好像敌人一样。

Y：而且也比较冷漠。

杨：对，很容易就要打架的那种感觉……

Y：没有安全感。像我们包包都不敢背，会被抢。

杨：对，那个时候是这样的。

Y：尤其是那种飞车党嘛。……我自己就被抢过一次。那个时候刚好一个人去逛街嘛，拿个包包，那种手提袋嘛。没有被抢之前，可能听说过有这种现象，但是自己没有经历过就不害怕，就觉得没什么。然后就是飞车党，一个人骑车载另外一个人，后面那个人就把你的手提袋这样一把扯过去，然后立马骑车跑了。还没反应过来就找不到人了。

杨：那你当时是不是很紧张？

Y：当时就蒙了啊，直接蒙了。十几秒之后才发现自己被抢了，然后人已经跑了。

杨：然后就是叫天天不应叫地地不灵。

Y：对啊，就是很无助啊。也没办法去报案什么的。**现在出去的话就很小心，只要是一个人，基本上都不会背包包。**

杨：就是警惕性很强。

Y：对，因为经历过这样的事情。现在你看网络也比较发达，你看新闻啊，今天说哪里出人命了，明天说哪里砍人了，所以我说这个社会啊，没有很大的安全感。

杨：我2006年来东莞的时候住在下沙那里，旁边公园的水池里有一天就浮出一具女尸。很恐怖。

Y：可能我们女孩子出去的地方更少一些，见到血腥的东西少一些，但是我们经常也会听别人讲，所以比较害怕，一般也就不会去一些偏僻的地方，偏远的路段都不敢去。

杨：像你们当时都是住在集体宿舍里吧？所以平时都是一块出去？

Y：对，结伴。

杨：所以就比较安全一点。

Y：因为家里父母啊，有时候看报纸，看到广东那边怎么样就很担心。就会打电话，说注意啊，一定要注意啊，出去要两三个人出去，不要一个人出去。

杨：那有没有想过政府应该采取一些行为让这个社会变得更安全一点呢？

Y：其实我个人觉得，这些事情其实是很好去管制的，当然现在是没有什么飞车党了，但现在会有一些变相的，骗术就越来越高级了。像我们的话就比较成熟一点了，差不多三十岁了，一些经验也是有了。但是身边还是经常有一些人上当受骗。比如说，有人开个好车在路边，然后说，先生，我手机刚好没电了，有急事想借你电话用一下，然后拿着手机就跑了。我们公司就有这样的事情，很多，**基本上每一年都会有。工厂里刚来的小弟弟小妹妹几乎都被骗过。**

杨：一般受过骗的人，肯定会对这个世界产生不信任感，对别人也产生不信任感。

Y：对，警惕。

杨：我当时在东莞的时候就觉得每个人都很提防别人，想问路几乎没人理。好像很害怕你会攻击他似的。

Y：像我还是挺热心的嘛，别人问我什么，我还是尽心尽力跟他讲。但当我自己经历过几次别人很冷漠之后，别人再来问我，我就还是要看一下。我要先打量下这个人是不是安全的，再决定要不要告诉他。安全第一嘛，在外面，比较乱，出了什么事情谁也不知道。

杨：东莞这边的贫富分化还是挺严重的。很多都是过来打工的，比较贫穷，但有些本地人特别有钱，住好房子，开好车，也很张扬。对这个事情，你是怎么看的，会不会有……？

Y：就是很羡慕啊，**为什么他们生在这个地方，**

为什么我们没有生在这个地方。那时候邓小平搞开发的时候为什么没有开发到我们那里啊，就是想这种问题。

杨：有没有觉得不公平？

Y：会觉得不公平，但就只有羡慕。

杨：而且他们的钱很多不是赚来的，很多是分红，出租房子、拆迁啊得来的。

Y：基本上他们都不用做事，每个月都有很多钱。村子里有什么福利啊，也都是分给他们的。但对这个情况，只会说有点羡慕。每个地方都有贫富的悬殊，这是免不了的。**只是希望说，我们从四面八方，全国各个地方来的，能够受到一些公平的待遇就可以了。**比如说，不要上两三个月班，工资不给人发，到后面老板跑了，机器设备一夜之间也被老板拿走了，突然之间员工就什么都拿不到了。前几年经常有这种事，这两年好一点。这几年很多东西都在改善，政府也在改善嘛，你看底薪调了又调，当然跟消费水平有关，消费水平也在变嘛。我们在这边工作生活的时间比较久，体会也比较多一些……

杨：你们现在算得上是"新东莞人"了。

Y：新东莞人，对，就是见证了它的一个成长。

杨：**像现在东莞、深圳，其实是移民城市，这些**

185

城市的主人其实应该是像你们这样的群体。但是实际情况可能不是这样，在很多的政策上对你们其实是比较限制的。由此我想到另一个问题，你从2004年到这里来，有没有受歧视之类的感觉？

Y：这种情况其实是有的……比如说有时候你去酒店，或者吃饭的比较好一点的场所，感觉别人看你的眼神就是很歧视性的，因为你不是有钱人嘛，还有卖服装的那些小姐们，她们很会看你的装扮。比如说"哥弟"的衣服，这个牌子的衣服还是有一点贵，你去逛的时候，别人对你就是爱搭不理的样子。

杨：他们是听你的口音还是……？

Y：他们做服务行业的，比较善于察言观色，主要看你的穿着打扮。

杨：我认识一些这边的朋友，他们本身不是很有钱，但是他们弄得自己很有钱的样子。他可能花很多钱去买很好的车，但事实是他本身就没有钱，钱可能都是借来的。

Y：或者都是按揭的。

杨：对，就是这种情况。我以前不是很理解，但我一到东莞来，我就觉得，嗯，我能理解了。刚刚我陪我弟弟去剪头发，就觉得太贵了！服务很一般，水平也一般，但剪一个头发就要七十五块钱，还是打完折以后的。像我在北京的话，剪头发折后也就三十块钱，在合肥的话折后也就二十块钱。怎么这么贵！

Y：而且就是很一般的店。

杨：刚才我去打印，两块五毛钱一张！北京一毛钱一张，这个差别真的是太大了！

Y：感觉像是一个诈骗集团。

杨：对，我感觉很惊讶。还是回到你这个问题上来，随着你在东莞待的时间越久，工作越稳定，收入越好，你这种受歧视的感觉也许慢慢地就会少一些。

Y：对，相对会少一些。我们出去的时间也不是很多，毕竟我们是在工厂上班。像做销售的话会经常出去，接触到很多人啊，可能被歧视的时候就更多了。

杨：那像你现在每天都在工厂里面，你们厂区和住的地方是在一起吗？

Y：是在一起的，我们宿舍就在后面。

杨：哦，那还是很安全。那另外一个问题是，你们业余时间干吗呢？

Y：业余时间，就是看看电视，上上网。

杨：电视机是宿舍里配置的吗？

Y：宿舍里面没有，像我们有家庭的都会在外面租房。时间比较充裕的话，会去一些地方走走，旅游。还有就是有时候逛街，女孩子嘛，都喜欢逛街。

杨：那有没有想过给自己"充电"啊？比如学习一些知识和技能？

Y：有机会的话都会的。

杨：自己看书还是工厂组织？

Y：有兴趣的会去报一些培训班。我现在在考驾照。现在车也便宜了嘛。有个代步的工具，总是方便一点。

杨：那现在你身边的人，当年和你一块出来打工的朋友，还有身边的同事，他们现在生活是不是和你差不多？

Y：基本上差不多，都是在厂里上班。像有一些没工作的，基本上就是相夫教子。

杨：那冒昧地问一下，你自己现在家庭是什么情况呢？

Y：我先生呢是湖南人。

杨：哦，外省的，是在东莞认识的？

Y：对，在东莞第一家公司认识的。当时都是打工，然后恋爱，后面就顺理成章地结婚了。

杨：讲一讲你们当时是怎么认识的吧。

Y：认识的话当时是在工厂。那时候工厂也会有一些娱乐活动，篮球，羽毛球，乒乓球，图书室。我们就是在打乒乓球的时候认识的，有一点好感，然后就再接触一下，了解得深入一点，就认识了，然后就谈朋友，处一处这样。

杨：那真好。

Y：我觉得不好，我觉得结婚还是要自己的老乡比较好。

杨：就是要找老家的？

Y：对，外省的不好。

杨：为什么？因为两边跑？

Y：对，你不知道两边跑好累啊。现在只要是在外面打工的，对象基本都是外省。**但我相信结过婚的，现在如果还有选择的话，一定都会选择老乡的。**

杨：为什么？

Y：因为这样子你不用两边跑，不会那么累。而且小孩子会觉得爷爷奶奶在身边，外公外婆也在身边，感觉很温馨。有家的感觉。

杨：哦，那现在你的小孩在哪边？

Y：放在家乡待着。

杨：在家乡，那为什么没有带到这边来？

Y：因为这边的话，第一我们工作也没有那么多时间接送他，工厂的时间都是有规定的，接送他上学的时间比我们晚一点儿或早一点儿，不方便嘛。我妈妈曾经在这边帮我带了一个学期，但她因为在家待的时间太长了，到这边她不习惯，因为年龄大了嘛，那我想，就算了，回去带吧，反正在哪里带都是一样的。

杨：而且这边上学也比较麻烦。

Y：对，而且还贵一<u>些</u>。

杨：哦，那现在就是你和你爱人在东莞，在外面租房子住。那他和你不在一个厂吧？

Y：不在。

杨：东莞唯一的好处就是租房特别便宜。

Y：对，比较便宜一点儿。

杨：那你们现在租的什么样的房子？

Y：我们租的就是比较简单一点儿。比较小，一个单间。

杨：一个月多少钱？

Y：一个月将近五百块钱。但是加水电费啊，网费啊，七七八八。

杨：那这就不算是什么压力了。

Y：是，但如果说条件好一点的，可以自己买房供房嘛。如果说你要离开这里的话也可以把房子卖了，也可以挣钱，这也是一种理财嘛。但是我们不敢嘛。

杨：为什么？

Y：觉得压力大嘛。

杨：现在东莞房价高吗？

Y：现在不知道，也没有问，不了解。

杨：那你未来的计划可能还是要回到老家去。

Y：嗯，我的计划是这样，我是一个比较恋家的人。

杨：那回家去干吗呢？在东莞的话，你能找到很多厂子的工作，但是随州那边就没有啊。

Y：我觉得打工只是短暂的，如果有一技之长的人就更容易找到适合自己的工作，如果找不到工作的话，就我自己来讲，希望自己能够有一定的事业。我在上班的同时兼职卖手表，我希望将来有自己的一个表店。如果将来回家的话，我会找一个好一点的地段开一个手表店。如果离开这家公司回去打工，我就觉得没有必要，家里工资也低嘛。

杨：对，也就是说还是希望自己有一个小的事业，有点创业的感觉。

Y：我是一个比较好强的人，我希望有一个自己的事业，而且跟别人在一起的时候自己不能太差劲的那一种，比较要强。

杨：嗯，我看你的性格好像也是这样子的。

Y：这个性格其实不好，压力比较大。因为从小家里的条件不是很好嘛，就会感觉说父母在家也会被人瞧不起嘛，如果自己混得还可以，别人就不会瞧不起你们家。

杨：其实我觉得从农村出来的，在外面这么多年，肯定会有很辛苦很心酸的地方。

Y：心酸的时候肯定有嘛，每个人都会有心酸的事嘛。

杨：那你最心酸的事能说一下吗？最刻骨铭心的一个……

Y：最刻骨铭心的，我也不知道从哪说。就说我现在卖手表，产品卖出去后你有售后嘛，特别是碰到一些客户，他很难沟通，本来是没有问题的，你跟他说了不要去拆开，他非要把它拆得稀巴烂，然后跟你说，你这东西不行，是水货，要退货。这种时候我就会很生气，很烦，很想放弃，特别是连续碰到几个这样子的，就想算了放弃了不做了，每个月也没赚多少钱，但是后面又一想，自己坚持了两年，现在放弃的话，那不是这两年都白做了？就跟跑业务一样的，好不容易有一些客户源。就坚持，再坚持吧。

杨：你刚讲到你妹妹都在上大学是吧，已经毕业了吧？

Y：嗯，现在已经毕业了。

杨：工作怎么样呢？

Y：我大妹妹是做外贸的，我小妹妹刚毕业没多久，还在实习阶段，现在在卖手机。

杨：那你觉得你的人生和她们的人生有什么不一样吗？

Y：我觉得不一样，如果有条件一定要去上一下大学。

杨：为什么？

Y：我觉得上大学不是说一定学到多少东西啊，但我觉得对我们来讲这是一种历练，是一种经历，上过大学的人还是不一样的。**我现在唯一比较遗憾的就是我没有去上大学。**

杨：你觉得如果上了大学你的人生会是另外一条路是吧？

Y：对，会是另外一种样子。

杨：这挺有意思。

Y：你看，现在在一个普通的工厂，这么小一个工厂，每个月就三千多块钱，**生活就跟一潭死水一样。**如果说你自己没有一些其他的爱好啊，没有学一些东西充充电，或者去哪里旅游一下，那基本上就是很平淡，宿舍——工厂——饭堂，三点一线。

杨：其实有时候精神上会有苦闷。

Y：会有一段时间的烦躁期。**会觉得很苦闷，有时候会觉得很空虚，人生没有什么意思。**

杨：这时候需要去找一些能刺激自己的，能够让自己再去面对生活的力量。

Y：对，**需要勇气和力量。**

杨：那你一般去哪里找呢？

Y：我比较喜欢去外面散心，看看风景。比较近的地方，像去公园那边踩踩单车，出一身汗的时候会觉得那些解决不了的问题其实也没什么了不起的。

杨：其实我觉得你的心理素质还是非常好的。

Y：心理素质只能说一般。

杨：像我接受过高等教育是吧，我们可能就更容易去抱怨。

Y：抱怨每个人都会有啊。

杨：对，就会想这太糟糕了。

Y：**生活为什么是这样子，为什么别人比我好。**

杨：对，为什么这个世界这么不公平啊之类的。你也有是吧？

Y：会，当然会，我觉得只要是正常人都会有，它是一个阶段一个阶段的嘛。像有时候心情好的时**候，会想有一些人比我们过得更苦是吧，自己安慰自己咯。**

杨：那就只能自己安慰自己了。那你未来的计划就是你自己刚讲的……

Y：希望开一个什么的专卖店，一个品牌的。

杨：回老家？

Y：对，这是我自己的一个小小规划，没有很大的雄心壮志。

杨：你这规划大概想在几年之后实现？

Y：我希望在两年左右时间实现。嗯，我自己现在就在往这方面努力。

杨：那你的同事现在有这种想法的人是不是很多？

Y：有很多，如果同事有小孩子没有带在身边的话就会有我这种想法。毕竟小孩子，留守儿童嘛，很可怜，又没有受到很好的教育，隔代教育的话又造成很多问题。比如说新闻里说哪里的小孩被淹死了，哪里小孩子在家里不小心失火被烧死了，**每每看到这些心酸的新闻的时候就特别想回家**。我们公司就有很多同事的想法跟我是差不多的。如果在家里能照顾小孩子，又能有一份工作，他们一定会选择回去的。现在主要是内地就业机会比外面少很多，工资又比较低。出来的人也是希望能够拿一个比家里面更高一点的工资，也是为了生活来奔波的。

杨：然后还是会把更多的精力和希望留给下一代。希望下一代比自己过得更好，是吧？

Y：对，但是我的个人的想法还是顺其自然就好，我也不敢说将来我能给他一个很好的条件，孩子长大之后看着办吧，没有刻意要他去做什么。

杨：我觉得你从2004年到这边来打工，它还是让你接触了更广阔的世界，眼光，思考，胸襟都不一样。

Y：跟家里比的话肯定是不一样，因为见得多一点嘛。像你们，跟我们又不是一个层次的了。**因为我们接触的圈子不一样，圈子对一个人来说很重要的。**比如说我身边接触的人都是你这样的，那我慢慢地也会变成你这种，我也会比较爱学习，爱看书，因为都受你们的影响。再比如如果我圈子里的朋友都是比较成功的老板，我可能会希望自己更努力一点，达到他们的生活水平。也许过个八年十年我就会成为一个老板，有自己的事业。如果我身边都是一些比较爱打小麻将的、妇女、带小孩的、在普通工厂里做普通工作的、没有什么想法的……那我可能一辈子就和他们一样了，所以我觉得圈子是很重要的。

杨：那你平时去不去打小麻将，东莞很多打小麻将的……

Y：我这个人是比较随和的，跟谁都熟。像说我不跟你打小麻将啊，我要去打羽毛球啊，好像自己很高端的样子，我不会这样子。我比较随和，打麻将也可以啊，出去逛街也可以啊，去图书馆看看书都行。

　　杨：那就祝你早日创业成功。谢谢你！

四、现在做不起梦了

采访对象：L，男，1982 年生，自考本科学历，现供职于广东省东莞市某工厂。

时间：2014 年 4 月 20 日

地点：广东省东莞市长安镇某茶餐厅内

杨：你好，先了解一下基本信息吧，你老家是哪的？

L：老家是河南南阳，家是农村。

杨：那边的经济状况不是很好？

L：不是很好，供一个大学生比较费力。

杨：哪一年考上大学？

L：2001年上的大学，2005年毕业，湖北武汉大学，不是全日制，自考，学了四年。

杨：学的什么专业？

L：法律专业，出来没从事这一行，但偶尔从事一下相关的法律方面的工作。

杨：2005年毕业以后呢？

L：开始的时候，因为是农村出来的，踏入社会没人帮忙，再加上大四上学期我父亲刚好去世，在农村男人是家里的顶梁柱，父亲生病花了很多钱，毕业后家里是没精力也没资金帮助，只有自己出去闯。然后和两个同学一块在深圳一家公司做贸易销售，当时整个行业（发电机）不景气，做了半年就跳槽到现在的公司。开始去基层做储备干部，慢慢做嘛。

杨：什么叫储备干部，为什么你一去就做储备干部呢？刚毕业进去应该是从普工做起呀？

L：当时总经理比较重视有文化的人，会让你处理一些比较小的管理工作，人先放着，人缺了的时候你顶。

杨：是不是在东莞的企业里面都有这样一种制度？

L：一般都会有，现在的话经营状况普遍下降，但是在我们2005、2006、2007那些年，都会备一些储备干部，偶尔有干部离职，可以立即替换，不至于打破公司的日常经营。

杨：当时你在深圳的时候，进的是私营企业吧？

L：对，私营企业。

杨：那你当时是怎么进去的呢？

L：通过招聘，到人才市场的招聘会上投简历应聘，回来等电话。电话来了叫你去就去。

杨：那你当时找工作顺利吗？

L：根本不顺利，我跟另外一个同学，当时住在厚街，每天早上坐车去这边大一点的人才市场。我们当时住在一个同学那里，当时的房价比较贵，人家租的是一室一厅的，当时还好是夏天，我俩拿着席子睡在人家楼顶，下雨的时候麻烦了，楼顶不能睡了，就睡在过道里，天亮了就去找事，这是我们亲身经历过的，很辛苦，找工作找了半个月。

杨：那你第一份工作当时工资多少？

L：第一份工作工资是一千二，加提成。

杨：当时所有的厂子都是这个工资水平吗？

L：也要看情形吧。面试的时候看谈吐举止，看你适不适合做销售，反应灵不灵敏，还有一些文化方面的考核。开始的时候，大致有一个浮动幅度，过一段时间会给你一些所要销售的东西的资料去看，看了以后进行考核，根据考核的成绩定薪资。如果你这个人接受能力比较强，在短时间内把你所要销售的产品的各项性能摸得都比较熟，可能薪资就比较高一点，八百到一千二。中国人的应试教育是很厉害的，我们对考核这方面简直是轻车熟路了，从小到大考试都无数了。

杨：你这个讲得特别有意思，就是说以前接受的教育是考试制度，现在上班发现也是用这种方式来考核，它们之间是有一定的继承关系的，所以很适应。

L：刚开始定薪资主要就看文化考核，这个考试对我们来讲太稀松平常，一接触到那个产品介绍，就有敏锐的嗅觉知道他们要考哪些东西。

杨：哦，对考试特别敏感。但是可能你们实际从事工作的时候会发现以前的教育不够用或者其实根本就是脱节的这种情况。

L：教育这方面，我总觉得教育和生活是两码事，可能你们也会了解到，很多人毕业的时候根本就没有从事自己的专业，我们班当时有五十个学法律的，现在从事法律的只有七八个。

杨：就是实际上是比较脱节的，其实学得更多的还是从上班开始。

L：主要是学这个社会的生存。你一进公司以后，学校的东西暂时都抛到一边了。

杨：你讲的这个其实就是个人际关系是吧，那你觉得你工作这么长时间了进步最快，学到最多东西的地方是哪一块，是技术还是为人处世的这种东西？

L：感受到最多的就是，人从学校出来时他是个棱角分明的人，进入社会以后他被打磨得没有棱角了。因为你的工作需要你没有个性，你要去兼容别人，你要跟个性完全不同的人相处，可能在平时生活中没办法和他相处，不能和他交朋友的人，但是你工作时是同事，你要和他兼容，这个需要你自己去调整。比方说读书的时候，我们都各有各的个性，我不喜欢你就不和你玩，但是在社会当中工作当中公司里面，形形色色的人都有。

杨：那举个例子，比方说你工作的时候和人发生冲突这类情况有没有？

L：有啊，这个是非常实际的，我们另外一个部门的仓库主管，我们两个非常非常和不来。我这个人，读书出来多少有点斯文人的矜持嘛，但那个人喜欢骂人，我是非常非常反感这一点，有点分歧可以，但我不喜欢那种带侮辱性的骂，然后我们就打架，后来公司出面来处理我们的问题。但你不能一遇见这种人就天天打架吧，没办法了，然后再遇见这种人，和得来了多说几句，和不来了工作一交接完你就忙你的呗。

杨：现在是你的第二份工作是吗？那你还是很顺利的。

L：也不算顺吧，主要是我们80后生存压力也很大呀。

杨：为什么觉得80后生存压力大？

L：像我们来讲，在（东莞）长安（镇）这种地方生活，我爸爸去世了，我妈妈在这边给我带小孩，我们夫妻二人薪水收入加起来一个月可能八九千吧。但是这边的房价根本是我们承受不了的，每个月的开支，房租，包括水电费，还有日常生活开销，小孩读幼儿园的费用，每个月都需要很大一笔钱。

杨：大概每个月要支出多少钱？

L：我算了一下，因为我还有一些社会上的应酬交往，每个月的开支最低要四五千块钱。

杨：那你们一个月有八九千，支出五千，那剩下的呢？

L：就存在那里了嘛，虽然有点盈余，但这个钱呢，我们一家四口还不能生病，稍微病一下就受不了。我妈妈上了点年纪，所以我们对她身体非常上心，稍微有点风吹草动的赶紧带她上医院做检查，因为我们小病还看得起，大病根本看不起。

杨：那你们在公司上班，应该是有医保的吧？

L：有医保，这一点还好。我们还想攒一点钱买个车子，因为现在没车子到哪里都不方便，假如买个车子，差不多把这几年的积蓄都搞得七七八八了。

杨：对，开车也是一笔开支呀。

L：对啊，你想我小孩子读幼儿园今年读大班，下一年就要读小学，这上学又是问题。

杨：小孩这个小学怎么上呀，公立学校没户口上不了，私立学校又很贵。

L：对，这又是个问题，还没买房，这边房子均价都上万块，你说像我们这个家的话，最低最低得要个三室一厅嘛，一百多个平方，九十来万，你说像我们这个收入，你按揭，你什么时候能搞得定呢，根本这个东西太遥远了。

杨：那按揭好办吗？

L：我们一直没按揭，就是因为一旦按揭了以后，这个压力会更大，比租房压力还大。比如九十万的房子，付三十万，按揭六十万，每个月最起码都要四五千了，这我们都没法过日子了。

杨：那你是不是有时候也会生活得很焦虑？

L：这个肯定有啦，讲句不好听的话，女人有焦虑，男人每个月也会有几天生物钟处于低谷的时间。

杨：我讲的不只是这个，就是你整个因为生活的压力而导致的那种焦虑和紧张感。

L：我说的就是这个，每个月都会有一段时间非常的低沉，不知道什么原因，心情很低落很低落的。

杨：很有可能就是因为生活上的压力，点点滴滴造成的，但是你又不知道是什么原因造成的，闷在心里。

L：胸闷呀，一到这个时候我们也没办法，受不了就解压呀，找几个人出去喝啤酒，晕晕地回家过几天，那你没办法，人这个压力要释放呀。

杨：那你释放压力的方法就是喝啤酒，还有别的吗，打牌？

L：打牌现在很少了，因为现在孩子大了，玩牌也玩不起了。

杨：我昨天下午到东莞的一家茶室去看了一下，发现好多像你这个年纪的人在那里整天打牌，什么事情都不干。

L：他们也是释放压力吧。像公司的领导，周末了他也没什么事呀，找几个人打打牌，喝喝茶，消磨一下时间。像我们这个年龄，也是很迷茫，有时候我对我老婆、老妈说，我们别想我们没什么，多想我们有什么吧，这样的话会好过一点。

杨：这个讲得太无奈了，像你这种情况，是比较有典型性的吧。

L：基本上我同学这么一大片，除非是混得很好的，一般都是这样啊。

杨：说明很有典型性，毕竟混得好的是少数啊，大部分还是像你这种生活的。

L：没有家庭背景的，混得好的，少之又少。因为你先天没优势的，凭自己的能力做起来的，非常非常少呀。这个东西，社会并不是说遍地有黄金的。

杨：对，如果没有以前的一些家庭积累，家庭背景支持，大量的资金、人脉之类的东西。

L：没有这些支持的话做不起来，像我们这样，也算是比上不足比下有余嘛，最起码反正这个家养了，慢慢一步一步来嘛。马上我们面临的问题就是小孩子上学，上小学的话，你读私人学校会很贵……

杨：那你们想没想过把小孩子放回南阳去读，因为南阳公立小学应该是不收费的呀。

L：我不想让我儿子加入六千万留守儿童当中。这个留守儿童看起来家庭健全，其实是孤儿。

杨：所以你必须把他带到身边。

L：对，我一定要把他带到身边，不管自己再苦再累。我不能让我儿子长大后回忆起自己的童年，只能每个月拿到冰冷的汇款单。我是非常非常不赞同孩子不在身边，爷爷奶奶教，这是隔代教育了。这个教出来，我们也见过很多很多，这个小孩子什么都不懂，文明礼貌一塌糊涂。

杨：我前两天采访一位女士，她也是在一个厂子里做工，她就是现在孩子放在老家，她讲孩子过两年上小学了，她就准备回老家，不在外面打工了，陪小孩子读书，回家乡做点小事情。那你有没有想过回家乡做点小生意之类的。

L：这也都想过，但是你说我们在这边这么久了，基本上有十年了，2005年过来的嘛，家里面可能是比我们刚来这边的时候要好一点，但也差不多是四面不靠墙了。

杨：肯定是没有东莞这边发展得好。

L：回去发展，我们在这边的人脉关系也不愿就这样丢弃。回去的话要从头做，前几天我回去了一趟，见了些同学，他们也有在县城里上班做公务员，也都是混日子呀，一个月一千多块钱，我那个同学的妈妈对我说，你要想回来也可以呀，给你找个一千多块的班上，我们怎么办嘛？

杨：那很糟糕，一千多块钱，它同样也要面对很多的人际关系，人情世故。

L：对，你说刚毕业的时候，拿个一千多块公务员的编制我可能会做，但现在我这么大年龄了，**再从头做，我也是做不下去呀，所以说我们现在就是悬在这里。**

杨：就是回也回不去……

L：不可能回去了，回去了也没什么事情给你做，家里人也不是傻子，能赚钱的生意人家都会去做了。只能在这边挣扎。

杨：只能在这边强撑着。实际上你在这边待了很长时间了，你觉得东莞和你老家对比，还是更适应这边是吧？

L：现在还是比较适应这边，在老家你有时候生物钟都调不过来。这边十二点钟都没人睡觉的，可以说是灯火通明。那老家那边，包括县城，七八点钟都灯火黑暗了，都没有人了。

杨：其实是你习惯了这种现代的生活节奏。

L：再回到小孩读书这方面，你说要是读这种私立的，一般就是打工的小孩在里面读，水平是非常差的，正规的公立的还是有保证的。

杨：那你在这边能上公立的学校吗？

L：就花钱买呀。

杨：因为你们都没有东莞的户口。

L：现在有个新莞积分，我们都在搞这个积分，就能去公立的读。

杨：我这几天一直听他们说这个，始终没听明白，现在就是说东莞的户籍是分好几种的是吧？

L：就是为了解决外来务工人员子女上学问题，规定了一个新莞人入户的办法，具体怎样我也了解得不是非常清楚。但是我知道这个新莞人积分就是，比如你有本科文凭，积八十分，做下义工，可以积五分，献次血可以积多少分，个人纳税积多少分，然后它今年可能给五百个外来务工孩子的名额，然后从高分往低分排，如果排到你的话，你的孩子就可以去公立学校读。

杨：明白了，就是有老东莞人，他们是本地人一直有这个户籍的。因为东莞是一个外来人口密集的城市，才有了一个叫新莞人的政策。但这个新莞人最终会拥有老东莞人一样的户口吗？

L：没有。可能最后只有你纳税了，办企业了，对当地贡献比较大的，可能给你户口。但是像我们这种一般务工人员，可能只解决你子女的上学问题。但还有一个麻烦，比如我们在这个公司上班……

杨：换一个公司了，这个交税就不能连续起来。

L：这倒是……比方我小孩子读小学了以后，我就要去接送他，这又是个问题。你想我们上班的，朝八晚五。

杨：你们一般一天上班多久啊？

L：一天十一个钟头吧，八个小时正班，现在的工厂基本上都要加班的，不加班的工厂都是撑不了很久，都是生意很不好的。

杨：那工人们也愿意加班？

L：工人们不加班就不在那做，现在我们那里就有些工人都流失了，一个月两千多块钱，不加班没办法生活。这边的物价生活水平又那么高。现在小孩子读书，我就在想出路嘛，没办法，**所以我所面临的问题基本上就是我们这代人、我这个阶层的人都有的问题。**

杨：那你个人认为现在处于什么样的阶层，算得上是中等收入吗？

L：**我觉得中等都算不上，中下，就是可能比工厂里的普工稍微好一点。**

杨：厂里面的普工现在拿多少钱？

L：普工三千多块钱吧。

杨：你比他们多一点，可能也自由多一点。那普工们据你了解，因为你跟他们接触得多，他们的生活状况或者精神状况怎么样？

L：他们跟我们又不一样，普工基本上是没受过什么高等教育的，他们也比较乐于满足吧，一个月拿两千块钱，花几百块钱，给家里寄多少钱，那就很满足很满足了。但我们不一样，我们所追求的不一样，我们追求在这里有一个温馨的家，没有很大的压力的生活。

杨：要很尊严很体面的生活。

L：对对，最起码……

杨：要受人尊敬。

L：这个也是向往的。因为毕竟读书教给我们了这些，不是让我们这样生活的，我觉得。

杨：我们的理想就是生活得很体面。

L：**我记得有首诗是这样写的：那时我们有梦，关于文学，关于爱情，关于穿越世界的旅行。如今我们深夜饮酒，杯子碰到一起，都是梦破碎的声音。**

杨：这首诗是谁写的我都不记得了，是北岛吗？

L：好像是北岛。

杨：那你是对文学有兴趣吗？

L：那是很早很早以前读过的，一下子就觉得非常非常贴切我的生活，一下就记得了，别的都忘记了。感觉到太贴切了，**现在你做不起梦了。**

杨：那你有时候面对现实压力，会有什么感受？

L：只能说对社会现实不满，有压抑，但是没办法。

杨：你没办法去改变。

L：对，你没办法去改变。比方说公司里现在的生存现状，你觉得这样不符合自己的理想，那样不符合自己的理想，你想要去改变它。但还有个很矛盾的问题在里面，你想要在一个地方生存，你首先是要适应它，你适应了以后，你已经成为其中一员了，你又怎么去改变它。

杨：是，就像你讲的，这是一个困境，你已经身处其中了，你是其中的一分子了。它已经把你改造好了，所以你没办法再去改变它了，你只能是不停地改变自己，就是你讲的自己的个性没有了，不停地适应这个社会和制度，但最后的问题就是，你这样不停地、不停地适应，你最后就是被它控制住了。

L：所以就说梦已经碎了，再回忆以前的时候，感觉到那些理想、梦想都没有了。

杨：你在东莞工作了这么长时间，你有没有感到自己受到老板的剥削，或者自己受到了不公平的待遇什么的。

L：这个我看得比较淡。**因为天下老板都是一样的，请你来就是要帮他赚钱。**

杨：资本家都是一样的。

L：没有谁是老板请来当神供着的。

杨：那你现在整个工作都是特别忙呀，你平时业余时间干些什么事情呢？

L：业余时间确实是能休息一下就求之不得了。

杨：能睡个好觉都求之不得，是吧？

L：对对，现在我老婆要加班，每天下午要是不加班的话，我们要辅导小孩子做功课，这个基本上一个多小时，然后搞得你筋疲力尽的，然后你什么都不想做。

杨：那平时也没办法从事一些精神性的活动，比如去看个电影。

L：电影除了高中时候看过，现在都没看过了。

杨：也没有买什么书看？你说你以前喜欢文学、哲学。

L：没有，现在很多年很多年都没有看过书了。

杨：那你平时通过什么方式接触资讯？

L：我喜欢看新闻，通过电视呀，电脑呀，或者手机，了解一下这些。偶尔礼拜天没什么事，会带家人爬爬山，如果小孩子作业做完了，去体育公园走一走，这些倒是经常。

杨：如果既不读书，也不参加相关的培训，那你的工作技能通过什么方式得到提升？

L：你指的是公司里面自己技能的提升？

杨：对啊。

L：这个像我们搞管理的，也没有什么好提升的，因为我们在一般私企里面，包括外资企业里面，它如果不是那种非常非常正规的厂子的话，所有人基本差不多，我可以做，别的人基本也可以做，技能要求不是很高。我有几个朋友是做富士康的高管的，那人家确实有水平，包括和客户全英文对话等等，那是特别需要真材实料的。我们这个呢有这个水平也就那样，没有还是那样。

杨：哦，那这里涉及一个问题，我在东莞也参观过一些工厂，有的二三十个人，或者大一点的百十个人，你觉得这种发展模式有问题吗？能持续吗？2006、2009年到现在已经有两次金融危机了，对企业打击都很大，你个人身在其中觉得有问题吗？

L：我觉得做企业加工这一块，它有很多老板上了年龄吧，或者就是企业缺乏活力，它不思进取，反正我就赚这些钱就行了。因为一个企业要发展是一定要创新的，像我们企业，我们就一点也感受不到活力，它现在做的跟它十年前做的完全一模一样，还是这个东西，没有创新，没有改变。这个可能跟我们董事长的年龄有关系吧，六十岁了，可能也不想再劳民伤财，再折腾别的东西了吧。所以现在我有一个机遇，就是我另外一个朋友，比我还小，开了一个电子方面的厂，他说想叫我过去帮忙。我们就考虑过去，他年轻人有冲击力嘛，现在又想把这个蛋糕做高做大。在这种没有活力的厂子上班时间长了以后，人都废了，就像卓别林一样……

杨：就是比较机械化，程序化。那这里涉及一个很重要的问题，刚才我们讲企业的可持续发展，其实许多企业在重复，没有什么创新，也没办法，还有一个就是你们这样的工人，管理者，你们个人的可持续发展，怎么来解决。我们常说，你不能打一辈子工呀，就是说你到了一定的年龄，工厂不要你了怎么办？

L：现在我们都到了这个瓶颈期了，所以现在我们就是说看看自己积累的人脉关系，资金什么，慢慢自己做业务，做一下单呀，将来也做一下小的加工厂，慢慢地往这方面发展。现在的出路就在这方面，我认识的很多同事，现在也都是往这方面走嘛。

杨：但不是说每个人都能走成功的呀，比如说一般到四十多岁，这是个节点了，人家工厂就不会再要你了，你又没有技术，你不可能再在那里去做管理，你又不能回农村，那你怎么办呀，那就成了流民了，要么在城市盲流，要么回家种地。

L：种地，我都不知道我们那里庄稼什么时候熟呢。暂时没有想过这个问题。

杨：或者你觉得自己应该可以转型成功，或者是说有别的办法？

L：对呀，总之天无绝人之路吧。

杨：只能这样想了，走一步是一步。

L：**你不能老往悲观的方面想呀，太悲观了人都没办法生活呀。因为我们本来压力就很大了。**

杨：那你有没有想过，就是说如果个人不能解决这个问题，政府会不会想办法解决这个问题。

L：这些人太多了，谁能解决得过来呀。政府也没办法解决呀。

杨：所以你还是蛮体谅政府的，觉得政府不需要来解决这个问题。

L：因为中国这个特色呢，你要是跟国外比根本没办法比的。**现在中国要是看病上学不要钱的话，基本上中国百分之七八十的人都可以慢慢富裕起来。农村百分之八十的家庭，如果说是供一个大学生，基本上他要返贫了。**

杨：所以现在大家都不愿意上学了。

L：他还不要生病，如果再生一下病，一棒子打到解放前，这是毫不夸张的。

杨：对，养老的负担，孩子上学的负担，然后自己的发展，生存的压力，其实这都造成了我们这代人的生存状态。

L：很茫然。

杨：很焦灼，有时候还会悲观，但是呢没有办法，还是要很乐观地面对这个事情。

L：对，因为你不乐观一点的话，根本没办法生活下去，没办法面对这么多的压力，人迟早要崩溃掉。

杨：富士康那些自杀的人，可能就是这些原因。

L：很可能。

杨：好，就聊这么多吧，非常感谢您接受采访！

五、我们是比 50 后、60 后和 70 后更幸福的一代人

采访对象：雷波，男，1980 年生，本科学历，现供职于某国有控股中外合资企业

时间：2015 年 1 月

采访方式：书面访谈

1

杨：你好，再次打扰了。我通过微信了解到，你对跑步非常感兴趣，参加了多次马拉松比赛。能谈谈这方面的情况吗？

雷：杨老师，不必客气，能接受您的访谈我十分开心。

我算是个喜爱运动的人，羽毛球、乒乓球、网球，我都非常喜欢，2012 年下半年开始跑步并逐渐

喜欢上长跑和马拉松赛。**喜欢这项运动的主要原因我觉得是它的纯粹和随意**，还有就是大众化，跑步没有什么太多的花哨和噱头，没有规则和裁判，不需要团队。只要有一双跑鞋，你就可以在任何时间和地点开始跑步，不论走到哪里，都能遇到许多的跑步爱好者。去年10月在北京，我还特意到奥林匹克森林公园去跑了一个小时，那里的跑步氛围和环境非常棒，我很喜欢。

杨：我觉得跑步（跑马拉松）代表着一种生活方式。尤其代表了一种都市中产阶级的生活方式。你觉得呢？你周围选择这样的生活方式的人多吗？你一般怎么和他们交流？

雷：跑步和许多其他运动和爱好一样，确实可以改变其爱好者的生活方式。随着自己逐渐喜欢上这项运动，我把越来越多的精力和业余时间花在跑步上。目前我每周大概会跑三次，每次要花掉一二个小时，每年会参加五到七场马拉松赛，其中有本地或附近城市的，也有外省的。除此之外，平时也会花一些时间看一些跑步的书籍和资料，希望科学地跑步，也希望成绩能越来越好，这是一个逐步自我提升和突破的过程。

我不赞同跑步代表了一种都市中产阶级的生活方

式这种观点，相反地，跑步是一种相当大众化的、可以说是一项没有门槛的运动。在深圳，有许多自发的跑步团体，我也是其中一个跑团的一员。这个跑团有一千人左右，以80、90后的年轻人为主。我在这个跑团结识了许多跑友，也和其中的不少成为了朋友，他们中有和我一样的上班族，也有自由职业者、大学生、教师等，各种不同类型的人都有。大家只是因为一个共同的爱好凑在一起，没有身份的差别，我们也不在意身份，平常交流的也是跑步。**我观察，中产阶层在这个跑团里占比是非常非常小的，可能中产有中产自己的跑团吧。**

最初我是受一个好友跑步影响，自己开始跑步。因为自己性格的原因，这两年我结交了许多喜欢跑步的朋友，也带动了许多同事、好友加入跑步队伍。现在和同事、朋友见面闲聊得最多的就是跑步，这个话题让我身心愉悦。

从报道来看，最近这两三年国内开始跑步的人越来越多，许多城市陆续开始举办马拉松赛事。2014年在中国田联注册的马拉松赛事有五十五场，有一些媒体开始诟病这种现象，认为这是一种跟风现象，显得国人浮躁。对于这种运动为什么突然兴起，我也思考过，就我所在的城市和我身边的人来看，我觉得原因主要有这几点：一是跑步本身好处很多。现在生活条件越来越好了，人们逐渐开始追求更高水平的生活质量。跑步有许多好处，可以增强免疫力，提高心肺功能，改善睡眠，还可以缓解压力，结交朋友，磨炼人的意志和毅力，让自己更了解自己的身体；二是城市公共配套设施的改善，给大家锻炼提供了条件。这几年空气质量越来越好，深圳的城市公园、绿道也越来越多，让越来越多的人走出户外。在这一点上，我为深圳自豪；三是马拉松赛事的魅力。身为菜鸟的我们可以与世界级的选手在同一条赛道内完成一场比赛。我想不出还有什么比赛可以让我们仅仅从"完赛"这个结果，而不是名次中获取如此大的满足感。在我看来，城市马拉松赛有别于其他体育赛事的最大特点是它更被赋予了一种特殊的精神含义，它所蕴含的挑战自我、超越极限的气质，潜移默化地重塑了城市精神和文化氛围。

杨：另外你在朋友圈里面晒得比较多的就是你女儿的照片，非常可爱幸福。看起来你对你目前的生活很满意？

雷：是的，我对目前的生活状态很满意。我有一个非常可爱和乖巧的女儿，有一个明事理又聪明能干的太太。我们在自己喜欢的城市生活，还有自己喜欢和稳定的工作。

杨：你觉得你这种生活状态具有典型性吗？你身边的人是否大部分都是这种生活状态？

雷：我不知道您说的"典型"所指是什么。从知足，热爱生活来说，我觉得有一定的典型性。我身边的很多人都是这样的生活：在上班的时候努力工作，闲暇的时候锻炼身体，做一些自己喜欢的事情，周末和家人朋友聚餐，聊天，跑步，远足等等。

我觉得是否对自己的生活状态满意和一个人的性格有很大的关系。我身边也有一些人尽管生活无忧，却感觉不到幸福。相由心生，境由心造，对于同样的事物，性格不同的人理所当然地会有不同的感觉。

以前看过一段话，说长跑是一种自讨苦吃的幸福，当我们重复不断地经历长跑的痛苦后，就降低了我们感知幸福的门槛，当我们降低感知幸福的门槛时，我们会发现幸福就在身边，幸福就在自己的生活里。还有个结论是长期坚持长跑的人除了有过人的毅力之外，还有一个共同的特征：容易感知幸福，容易满足。我只是觉得这段话看起来挺美，并不是赞同它，因为性格的形成和成长的环境有关，和家庭有关，和教育有关，要想改变一个人的性格好像是不可能的。

杨：据我了解，您好像很少对生活有抱怨，用您爱人的话来说就是永远充满了"正能量"。这种看起来非常良好的心态是怎么形成的？举一个例子，深圳突然限号购车，您对这个也没有抱怨吗？您身边的朋友们也是这样吗？如果不一样，你们之间会不会有争论？

雷：我是个十分容易满足的人，我不喜欢抱怨，这就是我的性格，**我想应该是我从小到大都没有吃过什么苦，过得比较顺利让我形成了这种心态**。说实话我挺不喜欢朋友一天到晚抱怨的，偶尔当然给予理解。碰到这样的人，有时我会和他们争论一下。当然这种争论不会影响我们的关系，我喜欢和朋友谈论一些不同意见的话题。

2014年12月29日，深圳宣布机动车限牌，是继北、上、广等城市第八个开始限牌的城市，同时深圳也宣布自2015年1月1号起，全面取消路边免费停车改为分时段收费。我不赞同限牌，而且我还一直十分自信地认为深圳不会出台限牌政策。我觉得限牌是一种比较愚蠢的控制车辆保有量的手段，**一方面侵犯了市民购买私家车的权利**，一方面也有可能会打击汽车生产和销售行业。国内养车成本低廉，**我觉得深圳应该效仿其他一些发达国家城市，用大幅提高养车成本**

和发展公共交通系统的办法来控制车辆保有量和使用率。

刚宣布这条政策的那段时间，网上闹得沸沸扬扬，我关注了一下，备受质疑的主要是因为政府的失信（此前深圳市相关部门和官员一再辟谣不会限购汽车），行动匆忙，过程粗野，而且就在深圳宣布限牌前不久，全国人大常委会审议立法法修正案草案，规定地方政府规章不得设定减损公民、法人和其他组织权利。我注意到，就在今天（2015年1月23日），广东省政府法制办还宣布已依法依规对深圳车牌限牌启动了合法性审查。

不过我仍然不会抱怨，我总在想，研究出台限牌政策的那么多相关部门里，得有多少比我们专业和有智慧的专家，连他们都选择让市领导食言，透支政府公信力，激起民众反感，一定是有它不得已的原因，只是因为信息不对称或是其他的原因，短时间内大多数市民还无法接受这种操作方式。对于突然袭击这种做法，我觉得限牌政策如果一定要实施，那就一定要做到事前保密，不然很容易引起恐慌和抢购的混乱局面，导致政策失去了可操作性。

杨：一般通过什么途径了解资讯？新闻联播？网络？对那些看起来很"负面"的新闻和资讯会有什么

反应？比如太原民工讨薪被殴打致死？对这种情况会愤怒吗？还是觉得离自己太遥远，愤怒也没有什么用。

雷：我一般在网上看看新闻，新浪、腾讯新闻什么的，**看到一些负面的新闻我首先会求证它的真实性，如果是真实的我一般会继续关注，很想知道事件的真相。**

中国目前处在社会高速转型期，经济体制要转变，社会形态要转变，人们的行为方式、生活方式、价值体系都会发生很大的变化。在这个过程中，确实会出现许多不好的事件，估计哪个国家在这个时期都是避免不了的。**中国经济保持高速发展了近三十年，在许多方面取得的成就举世瞩目，很多东西，比如环境、经济，甚至法治，都需要一段时间，有一个过程。**

2

杨：谈谈你的工作吧，据我了解，您在一家大型国企工作，能谈谈您的工作环境吗？

雷：我在一家国有控股的中外合资企业工作，平时主要从事行业的对外联络工作。

杨：您当时是怎么进入这家单位的？

雷：我在深圳长大，大学毕业后应聘进入我现在所在的单位。

杨：从舆论的角度看，国企的声誉一直不太好，比如会说官僚主义、养闲人等，实际情况是这样的吗？

雷：应该说，确实有一些国有企业和国有企业员工有这样那样的问题，但我相信那只是少数害群之马。我周围的同事绝大部分都很敬业，有着良好的职业操守。根据我的了解，深圳很多国企，尤其窗口服务型企业、劳动密集型企业，比如像公共交通运输的火车站、公交巴士、机场，员工工作压力很大，工作也非常辛苦。

杨：您目前在这个企业工作状态如何？是很适应目前这份工作还是很不适应？还是觉得无所谓的状态？你的同事们的状态如何？

雷：我很适应我目前的这份工作。我很幸运，从参加工作到现在，遇到了许多很好的领导和同事，能和他们一起工作我十分开心。和绝大部分同事一样，我也很珍惜自己的工作，所以我们都十分努力地工作，比如需要经常加班，真的是不计个人得失。我觉得我和我的同事工作状态都是蛮不错的。

杨：就您所在的这个企业来说，您觉得有改革的必要吗？如果有必要，您觉得应该从何处着手？您考虑过这个问题吗？或者是没有考虑过？

雷：我没有考虑过这个问题，我就是普通员工。这是企业管理者或者说国企管理部门需要思考的事情。我要做的就是立足于本职，认真完成自己的工作，做好了自己开心，很少主动去思考，去总结。

杨：您觉得您现在的工作有足够的上升渠道吗？如果没有，您会不会考虑重新选择新的工作？

雷：我觉得我现在的工作上升通道是有的，主要要看自己怎么选择和规划将来的道路。想要安逸，就满足现状，自己想要发展，那肯定得承受更大压力。

杨：您是党员吗？据我了解，一般国企招工作人员首先要考虑党员的。

雷：我是党员，我是在工作后在企业入党的。招聘时考虑党员优先的问题，我不太清楚，我的入党和招聘无关。

杨：您什么时候入的党？当时为什么考虑入党？是因为信仰还是因为实际的利益，比如为了就业的加分？

雷：我是参加工作后的第五年入党的。**我从学生时代就渴望加入中国共产党，因此我从大学开始就不断地写入党申请书，但是因为自己不够优秀，我十分清楚地记得我是在交了第四份入党申请书后才被发展为入党积极分子的。**入党得不到什么实际的利益的东西。

杨：**如果信仰这个问题可以讨论的话，我想再多说几句，我们都不信奉具体的宗教。那我想问您，在人生中是否有某种信仰，或者信奉某种理想主义的东西？**

雷：还是因为自己的性格，**我很少去思考自己的信仰，我是个无神论者，目前对共产主义还是心存信仰的。**百度词条对共产主义是这么解释的："共产主义主张消灭生产资料私有制，并建立一个没有阶级制度、没有剥削和没有压迫，并且进行集体生产的社会。共产主义者认为未来所有阶级社会最终将过渡成为共产主义的和谐社会。共产主义的实现，需要高度发达的生产力，并且人口数量处于有限阶段，且会使人有高度发达的集体主义思想。"

我们所在的国家物质供应是有限的，不管生产效率有多高，只要人口过多，最后连空气都会不够人呼吸的，更不用说吃住行了，所以要实现共产主义，一个必须达到的条件，就是要控制人口。现在许多发达国家的人口出生率已经是负数，我们国家有十多个亿的人口，建国仅仅六十几年，建设好这么大一个国家不可能一蹴而就，更何况我们还赶上了个"文革"十年，欠账太多太多。还好我们国家自70年代末就把计划生育作为一项基本国策，又经过近三十年经济的高速发展，现在中央提出的建设社会主义法治国家，依法治国的方针。**我觉得再有个三十年，等我们建国一百年的时候，美丽中国的雏形一定会初见端倪，最终共产主义一定会在中国实现。**

3

杨：谈到了深圳。您一直生活在这里吗？对这个城市的感觉怎么样？

雷：我是三岁的时候随父母来到深圳的，算是深圳的第二代移民，也是特区的同龄人。我十分喜欢这个城市，这是一个包容开放的城市。我们常说：来了就是深圳人。喜欢这座城市的原因除了我是在这里长大，还因为有美好的环境、舒适的气候和便捷的生活等。我周围的大部分同事和朋友都是毕业后来深工作的，在这里生活了几年后，他们也都很喜欢这里，不愿再迁移到其他城市。

杨：深圳从一个小渔村发展到今天的国际化大都市，作为一个深圳人，您认可这种发展吗？如果要对深圳的发展提出不一样的意见，您会有什么意见？

雷：我还清楚地记得深圳的三十岁生日是2010年8月26日这一天，短短三十年深圳发生了翻天覆地的变化，深圳成为无数人的圆梦之城，开创了一个辉煌的时代，这种短时间内快速建成一座国际现代化城市的例子我想在全球范围内也找不到几个。如今，深圳已经进入了它的第二个三十年，提出了再造一个激情燃烧干事创业的火红年代的口号，城市的产业转型也十分成功，正朝着科学发展的方向前进，对于这种发展模式，我再赞同不过。

杨：**据我了解，真正的深圳原住民目前仅仅三千多人，深圳几乎是一个移民城市。作为第二代的移民，在这里长大，有没有觉得自己享受到了某些"优先权"，比如相对于那些来深圳务工的人而言？**

雷：我觉得我们这一拨人很幸运，从小随父母南下来到这座城市。我的父母是第一代来深建设者中的一员，他们都来自北方农村，从小就吃了不少苦头。即便到了深圳，吃住都依然很艰苦。我记得，小时候我们住的简易房，台风一来就被掀翻了，十分狼狈。有人叫我们这一拨人是"深二代"。我们随着深圳的发展而长大，由乡下人变成了城里人。应该说深圳之于我们是比故乡更亲的家乡，我们这拨人大都对深圳有强烈的地域认同感。在旁人看来，我们也是改革开放后深圳快速发展的第一拨受益者，认为我们在改革开放的大潮下复杂地长大，也有人认为我们是没有文化底蕴的一代。我觉得这些说法都挺对的。**如果非要说我们有优先权，那就是我们沾了父母的光。父母靠他们的辛苦、努力、节俭给我买了房子，没有了在深圳买房的需求和供房的压力。**

杨：**关注或者接触过那些在深圳的底层务工人员吗？对他们有什么观感？**

雷：我父母都是农村的，我太太也是农村的，我们的根都在农村。我有许多亲戚都来深圳打过工或者说现在还在打工，货柜车司机、停车场收费员、快递公司快递员、商场里的售货员，各种类型的务工亲戚都有。在工作上，我也常会和一些来深务工人员打交道。我觉得他们在深圳打拼，挣钱养家糊口挺不容易的。他们中的一些人凭着自己的努力和奋斗，已经在深圳扎根，有了属于自己的一片小天地，他们中的大多数人在深圳工作了短则一二年、长则六七年后，因为各种各样的原因，离开了深圳。

杨：作为1980年出生的人，对自己的这种代际有没有特别的关注和反思过？作为一个在深圳土生土长的80后，您觉得自己的优势和劣势是什么？

雷：**我没有特别关注和反思过80后这个群体，只有一种感觉，我们是比50后、60后和70后更幸福的一代人，我们赶上了一个伟大的时代，这个时代有各种各样的机会，成就了各种各样有梦想的人。**在深圳长大所具有的优势就是有自己的房子，劣势谈不上什么。从个人发展角度来谈的话，优势劣势我觉得更多的是和个人努力相关。

杨：据我了解，您有亲人生活在澳洲，您也经常携家人去澳洲度假。有没有对比过澳洲和中国的发展？有没有考虑过将来移民澳洲？如果没有考虑，为什么？

雷：对，我的姐姐大学毕业后在深圳工作了两年，后去澳洲读研、工作，技术移民后在澳洲定居，因为她在那里的原因，我们隔两年会去看一看，玩一玩。澳大利亚1788年被英国殖民统治，1901年联邦独立至今110多年了，它的国土面积760万平方公里，人口2500万，是个发达的资本主义国家，我们国家还是个发展中的社会主义国家，从各种维度看，都没有可比性。我没有考虑过移民澳洲，我的想法很直接，国内的生活方便，欢乐，我的朋友和圈子也都在这里，让我去那样一个人烟稀少的地方定居，我会疯掉的。

图书在版编目(CIP)数据

80后,怎么办? / 杨庆祥著. - 北京:北京十月
文艺出版社,2015.6
ISBN 978-7-5302-1499-2

Ⅰ.① 8… Ⅱ.①杨… Ⅲ.①随笔-作品集-中国-
当代 Ⅳ.① I267.1

中国版本图书馆 CIP 数据核字 (2015) 第 098042 号

责任编辑 赵雪芹 郭爱婷
责任印制 李远林 管 超
装帧设计 7拾3号工作室
内文制作 品欣工作室

80后,怎么办?
80HOU,ZENMEBAN?
杨庆祥 著

出　　版　北京出版集团公司　　　北京十月文艺出版社
　　　　　北京北三环中路6号　　　邮编 100120
发　　行　新经典发行有限公司
　　　　　电话 (010)62026811
经　　销　新华书店
印　　刷　三河市中晟雅豪印务有限公司
开　　本　880毫米×1230毫米　1/32
印　　张　7.5
字　　数　118千字
版　　次　2015年6月第1版
印　　次　2015年6月第1次印刷
书　　号　ISBN 978-7-5302-1499-2
定　　价　29.80元
质量监督电话 010-58572393